에이스가
되자

WISHBOOKS MODERN FANTASY STORY
한지훈 장편소설

에이스의 무게

에이스가 되자 9

한지훈 장편소설

초판 1쇄 찍은 날 | 2018년 2월 20일
초판 1쇄 펴낸 날 | 2018년 2월 27일

지은이 | 한지훈
펴낸이 | 예경원

기획 | 위시북스
편집책임 | 이규재
편집 | 이즈플러스

펴낸곳 | 예원북스
등록번호 | 제396-2012-000132호
등록일자 | 2012. 7. 25
KFN | 제1-222호

주소 | 경기도 고양시 일산동구 호수로 646-24 위너스21 II 빌딩 206A호 (우)10401
전화 | 031-819-9431 팩스 | 031-817-9432
E-mail | yewonbooks@naver.com

ⓒ한지훈, 2017

ISBN 979-11-6098-829-1 04810
       979-11-6098-231-2 (set)

에이스가 되자
WISHBOOKS MODERN FANTASY STORY
한지훈 장편소설
에이스의 무게
9
Wish Books

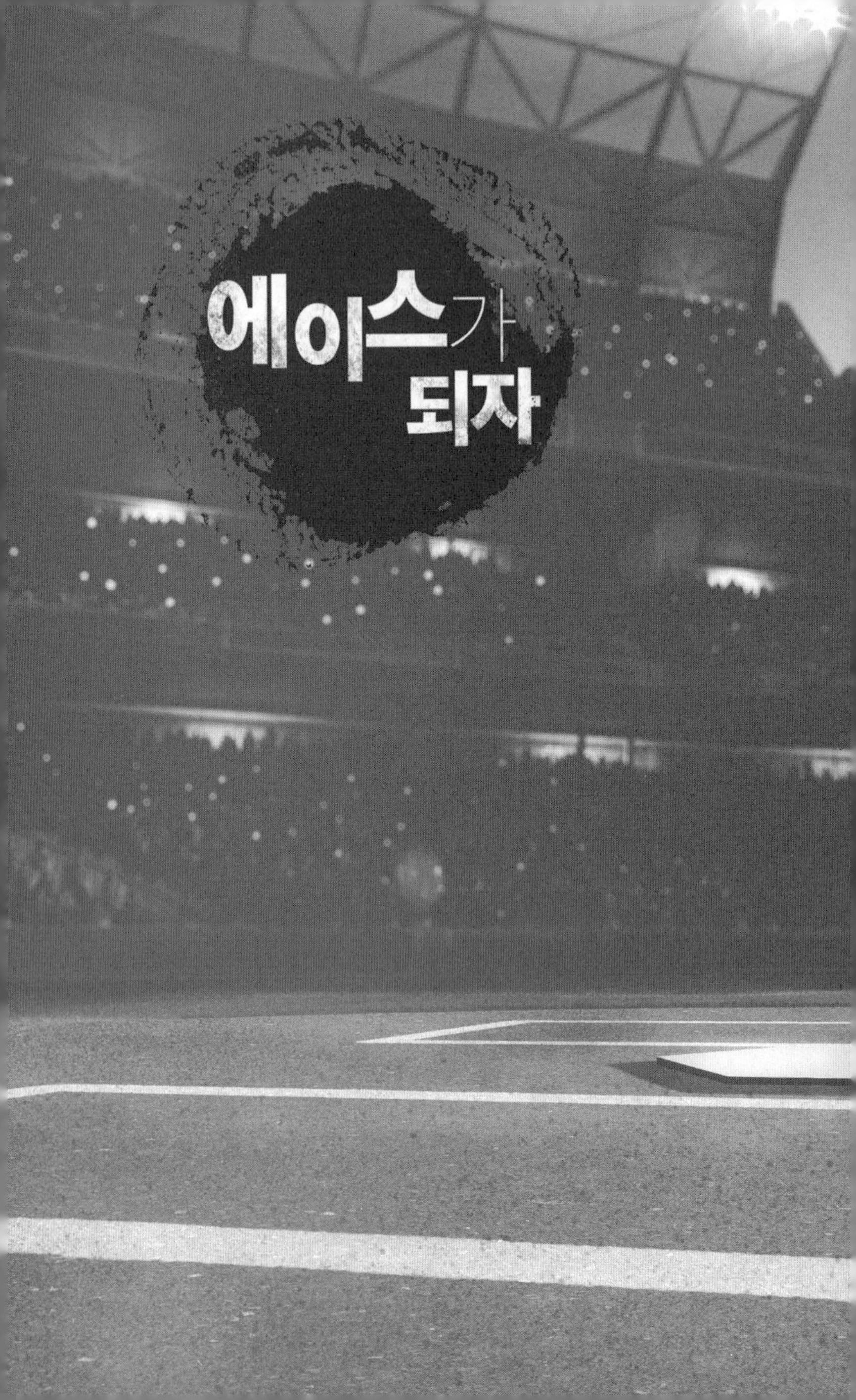
에이스가
되자

CONTENTS

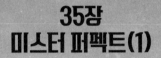

35장
미스터 퍼펙트(1)

1

'건, 로빈슨 카누를 더그아웃으로 돌려보내 버리자고.'

오스틴 번이 바깥쪽으로 흘러 나가는 포심 체인지업을 요구했다. 굳이 길게 끌 필요 없이 로빈슨 카누를 땅볼로 잡아내자는 것이었다.

박건호가 대수롭지 않은 표정을 짓긴 했지만 오스틴 번은 로빈슨 카누의 지연작전이 신경 쓰였다.

투수에게는 본디 고유한 투구 리듬이라는 게 있다. 그 리듬에 맞춰 투구를 하지 못하면 투구 밸런스가 흔들리게 된다.

로빈슨 카누가 평소답지 않게 뜸을 들이는 것도 박건호의 투구 밸런스를 무너뜨리기 위해서였다. 고작 한 타석 시간 끄는 걸로는 큰 효과를 거두지 못할지 몰라도 아예 무시할 수 있는 변수는 아니었다.

그러나 박건호는 가볍게 고개를 저었다.

'여기서 도망치면 다들 따라 할 거야.'

박건호가 잠시 1루 측 더그아웃을 바라봤다.

스캇 서바이브 감독을 비롯해 월드시리즈 패배의 위기에 몰린 매리너스 타자들이 매서운 눈으로 자신을 노려보고 있었다.

만약 기에르모 에레라의 기습 번트가 전부였다면 박건호도 오스틴 번의 주문대로 로빈슨 카누를 쉽게 잡아내려 했을 것이다.

그러나 전성기에서 내려오는 시점이라 스윙 스피드가 예전만 못하다 하더라도 로빈슨 카누는 로빈슨 카누였다. 매리너스에서 아무 이유도 없이 2억 4천만 달러를 퍼주고 데려온 게 아니었다.

하지만 기에르모 에레라의 번트 시도가 끝나기가 무섭게 로빈슨 카누가 지연작전을 들고 나왔다는 건 의미가 달랐다.

치사하게 굴면 한없이 치사해지는 게 바로 야구였다. 이런 식으로 매리너스 타자가 전부 자신을 흔들려 든다면 2차전의 호투를 다시 이어가겠다는 야무진 꿈이 물거품이 될지도 몰랐다.

"침대 축구는 골이 답이고 늑장 야구는 삼진이 답이지."

오스틴 번이 마지못해 몸 쪽 포심 패스트볼 사인을 내자 박건호가 기다렸다는 듯 고개를 끄덕였다. 그리고 오스틴 번의 미트를 향해 힘차게 공을 내던졌다.

후앗!

박건호의 손끝을 빠져나온 공이 곧장 로빈슨 카누의 무릎 근처로 날아들었다.

"이런 시팔!"

로빈슨 카누가 깜짝 놀라며 엉덩이를 뒤로 빼냈다. 박건호를 자극하겠다는 일념으로 홈 플레이트 쪽에 붙어선 탓에 빈 볼처럼 날아든 공을 태연히 지켜볼 수가 없었다.

그러나 로빈슨 카누의 머리 뒤쪽에서 날아와 몸 쪽으로 바짝 붙어 들어오던 공은 마지막 순간에 스트라이크존을 스치고 들어왔다.

스트라이크존이 좁은 구심이라면 살짝 고심하다 볼을 선언했겠지만.

"스트라이크!"

오늘 구심은 몸 쪽 공에 비교적 후한 편이었다.

"미치겠네. 이게 스트라이크라고요?"

로빈슨 카누가 또다시 구심에게 얼굴을 들이밀었다. 초구 커터는 둘째 치고 이번 공은 확실히 깊었다.

자신이 홈 플레이트 쪽에 붙어 선 걸 감안하더라도 이 공을 잡아주면 오늘 경기에서 타자들이 점수를 내기 어려울 수밖에 없었다.

하지만 구심은 눈 하나 까딱하지 않았다.

"스트라이크라면 스트라이크야."

"깊었다고요!"

"정확하게 들어왔어."

"젠장! 지금 일부러 이러는 거예요?"

"그렇게 내 판정에 불만이 많으면 비디오 판독이라도 써보라고."

비디오 판독이 가능한 판정에 스트라이크-볼 판정은 들어 있지 않았지만 구심이 비아냥거리듯 말했다. 공정성을 떠나 판정 하나하나에 타자가 민감하게 군다면 구심도 짜증이 날 수밖에 없었다.

그러나 로빈슨 카누가 화가 난 이유는 그게 아니었다.

"왜 그래요? 여기가 다저스 스타디움이라서 이러는 거예요? 아니면 설마, 나보다 저 애송이 편을 드는 거예요?"

로빈슨 카누는 누가 뭐래도 매리너스를 대표하는 슈퍼스타였다.

그는 2013년 말, 계약 기간 10년에 총액 2억 4천만 달러를 받고 매리너스로 자리를 옮긴 이래 지난 5년간 매리너스의 투자가 지나치지 않았다는 평가를 이끌어 낼 만큼 준수한 활약을 펼쳐 왔다.

최근 들어 선수들의 몸값이 폭등하는 추세이지만 2억 달러 이상의 고액 계약은 여전히 흔치가 않았다.

매리너스가 미래의 에이스로 점찍었던 오타니 쇼헤도 6년 계약에 1억 7,800만 달러에 그쳤다.(포스팅 비용 제외)

오타니 쇼헤 측에서 지나친 장기 계약을 원치 않았다지만 구단에서도 오타니 쇼헤가 6년 이상 꾸준하게 활약해 줄 것이라는 믿음이 부족하긴 마찬가지였다.

그런 점에서 로빈슨 카누의 장기 계약은 총액 그 이상의 가치를 지녔다. 로빈슨 카누는 그런 자신의 가치를 구심을 비롯한 심판진이 알아주길 바랐다.

투수가 던진 공이 스트라이크와 볼의 경계에 머물렀을 때 메이저리그의 구심들은 선수의 이름값에 따라 판정을 내리는 경우가 많았다. 투수의 커리어가 타자보다 낮다면 스트라이크를, 반대일 때는 볼을 선언했다.

로빈슨 카누는 2억 4천만 달러라는 천문학적인 계약을 맺은 자신이 올해 연봉이 고작 60만 달러에 그친 박건호보다는 존중받아 마땅하다고 생각했다.

설사 박건호가 올해 내셔널 리그 사이영 상을 받는다 하더라도 그 정도로는 자신의 커리어를 따라오지 못할 거라고 단언했다.

하지만 구심의 생각은 다른 모양이었다.

"헛소리 집어치우고 타석에 들어서라고. 적어도 건은 너처럼 불만투성이는 아니니까."

구심은 발끈하려는 로빈슨 카누에게 재차 구두 경고를 주었다. 그리고 한 번만 더 자신을 화나게 만들 경우 월드시리즈를 떠나 무조건 퇴장시켜 버리겠다고 으름장을 놓았다.

"젠장할!"

로빈슨 카누가 질근 입술을 깨물었다.

월드 시리즈의 운명이 결정되는 6차전에서 구심이 한 팀의 주축 선수를 경기 초반에 퇴장시켜 버린다면 이유 여하를 막론하고 두고두고 뒷말이 나돌 수밖에 없었다.

하지만 냉정하게 따졌을 때 무자비한 결정을 내린 구심보다 퇴장을 당한 선수가 입는 타격이 더 컸다. 만일 그 선수의 부재로 인해 팀이 무기력하게 패배하기라도 한다면, 그래서 월드시리즈 우승을 빼앗기기라도 한다면 죽어서도 팬들에게 잘근잘근 씹힐 게 뻔했다.

'이렇게 된 거, 철저하게 걷어낸다.'

구심의 재촉에 마지못해 타석에 들어선 로빈슨 카누가 전략을 바꿨다. 박건호의 포심 패스트볼이 워낙 좋아서 제대로 때려내는 건 불가능에 가까웠지만 단순히 걷어내는 것 정도라면 어떻게든 가능할 것 같았다.

그러나 투 스트라이크 노 볼이라는 투수에게 절대적으로 유리한 볼카운트에서 로빈슨 카누가 할 수 있는 건 그리 많지 않았다.

'건, 끝내자.'

오스틴 번이 바깥쪽으로 미트를 움직였다.

볼카운트가 몰리면서 로빈슨 카누도 정상적인 타격 포지션으로 돌아가 있었다. 그렇다면 바깥쪽에 아슬아슬하게 걸치는 공이 충분히 효과적일 것 같았다.

그러나 이번에도 박건호는 고개를 저었다.

'그 코스가 아냐, 오스틴.'

포심 패스트볼로 승부하는 것까진 좋았지만 박건호가 원하는 건 바깥쪽이 아니라 몸 쪽이었다.

'자신 있다 이거지?'

오스틴 번이 씩 웃으며 미트를 로빈슨 카누의 옆구리 쪽으로 가져다 붙였다. 그 움직임이 부지런히 곁눈질을 하던 로빈슨 카누에게 걸려들었다.

'몸 쪽 공이라. 날 너무 만만하게 보는군.'

로빈슨 카누가 방망이를 옆구리 쪽으로 바짝 가져다 붙였다. 이제 와 배트 그립을 고쳐잡긴 어려웠지만 스윙 궤적을 짧게 만드는 것쯤은 얼마든지 가능했다.

박건호는 로빈슨 카누가 몸 쪽 공에 대처하기 위해 애쓰는 모습을 말없이 지켜봤다.

만약 넬슨 크로스가 로빈슨 카누처럼 자존심을 던져 가며 달려들었다면 조금 부담스러웠을 것이다.

하지만 로빈슨 카누라면, 코스를 일러주고 공을 던져도 잡아낼 자신이 있었다.

"후우……."

길게 숨을 고른 뒤 박건호가 힘차게 투수판을 박차고 나갔다.

후앗!

박건호의 손끝을 빠져나간 공이 곧장 로빈슨 카누의 몸 쪽을 파고들었다. 그러자 로빈슨 카누도 질 수 없다며 번개같이 방망이를 내돌렸다.

후웅!

단숨에 허리를 빠져나온 방망이가 공을 향해 달려들었다. 맹렬하게 회전하는 공도 휘거나 떨어지지 않고 그대로 방망이를 향해 돌진했다.

그렇게 공과 방망이가 한 점에서 만나려던 순간.

'빠르다!'

로빈슨 카누의 눈이 부릅떠졌다. 아직 방망이가 배팅 포인트에 도착하지 못했는데 갑작스럽게 공이 시야 뒤쪽으로 사라져 버린 것이다.

"크아아아!"

로빈슨 카누가 악을 내지르며 용을 써봤지만 지나가 버린 공을 다시 끌어다가 때려낼 재주는 없었다.

퍼엉!

묵직한 포구 소리가 다저스 스타디움에 울려 퍼졌다.

"건!"

"거어어어언!"

다저스 스타디움이 열광의 도가니에 빠져들었다.

–건! 건! 건! 거어어어언! 다저스의 슈퍼 에이스 건이 1회 초 세 타자를 연속 3구 삼진으로 돌려세웁니다!

–세 개의 아웃 카운트를 잡아내기 위해 던진 공은 9개였습니다.

–한 타자당 3개. 공 3개로 3개의 스트라이크를 순식간에 잡아냈습니다!

–로빈슨 카누, 고개를 절레절레 흔들면서 타석으로 돌아가는데요. 앞선 심판 판정에 대한 불만이 아직도 남아 있는 것일까요?

–그렇지는 않을 겁니다. 몇 번 말씀드렸습니다만 구심의

판정은 틀리지 않았으니까요.

—아마 오늘 경기를 기록실에서 살펴본다면 로빈슨 카누도 인정할 수밖에 없겠죠.

—그야 물론입니다. 설사 억울한 오심이 발생했다 하더라도 저런 식으로 경기에 방해를 주면서까지 항의하는 건 옳지 못합니다.

—오늘 경기를 전 세계 수많은 어린 야구팬이 보고 있죠.

—그렇습니다. 어린이들에게 야구가 얼마나 신사적인 스포츠인지 가르쳐 주기 위해서라도 결과에 승복하는 자세가 필요합니다.

박건호에 대한 극찬만으로는 성에 차지 않았던지 ESPM 중계진은 한참 동안 로빈슨 카누의 태도를 지적했다.

그사이 마운드 위로 새로운 투수가 올라왔다.

펠리스 에르난데스.

한창때 메이저리그 강타자들을 힘으로 찍어 누르며 킹이라는 별명을 거머쥔 매리너스의 위대한 에이스가 팀의 첫 월드시리즈 우승 가능성을 지키기 위한 투구를 시작했다.

다저스의 1번 타자는 작 피터슨이었다.

올 시즌 리그를 대표하는 공격형 1번 타자로 거듭났지만 펠리스 에르난데스를 상대로는 별로 재미를 보지 못했다.

지난 3차전에서도 작 피터슨은 펠리스 에르난데스에게 4타수 무안타로 침묵했다. 적극적으로 방망이를 휘둘러 봤지만 정타는 나오지 않았다. 반면 삼진은 2개나 당했다.

펠리스 에르난데스는 7이닝 2실점으로 호투했던 3차전 때처럼 작 피터슨을 꽁꽁 묶어놓을 생각이었다. 작 피터슨의 출루를 막고 장타를 조심한다면 3차전보다 더 좋은 결과를 낼 수 있을 거라고 확신했다.

'일단 내가 할 수 있는 최선을 다하자. 나머지는 하늘에 맡기면 돼.'

마이클 주니노의 사인을 확인한 펠리스 에르난데스가 가볍게 고개를 끄덕였다. 그리고 마이클 주니노의 미트가 고정된 바깥쪽을 향해 힘차게 공을 내던졌다.

퍼엉!

순식간에 홈 플레이트 위를 지나간 공이 마이클 주니노의 미트 속에 파묻혔다. 뒤이어 구심이 가볍게 오른팔을 들어 올렸다.

"후우……."

작 피터슨이 길게 한숨을 내쉬었다.

살짝 빠졌다 싶었는데 마이클 주니노의 프레이밍이 통한 모양이었다.

'이제 싱커가 들어올 거야. 속으면 안 돼.'

작 피터슨은 마음을 다잡고 타석에 들어섰다.

펠리스 에르난데스를 대표하는 구종은 고속 싱커. 올 시즌 최고 구속 95mile/h(≒152.9km/h)이 찍힐 정도로 홈 플레이트 앞에서 빠르게 가라앉는 공은 아메리칸 리그의 수준급 타자들조차 고개를 흔들 정도였다.

하물며 펠리스 에르난데스의 싱커를 거의 접해보지 못한 작 피터슨의 입장에서는 싱커에 대한 부담감이 클 수밖에 없었다.

'가슴 위로 오는 공만 치자.'

작 피터슨이 질근 입술을 깨물었다.

그 순간.

후앗!

펠리스 에르난데스가 투수판을 박차고 달려들었다.

'포심 패스트볼!'

펠리스 에르난데스의 손을 빠져나온 새하얀 공이 곧장 몸쪽으로 날아들자 작 피터슨은 망설이지 않고 방망이를 내돌렸다. 느낌상 포심 패스트볼이 들어왔다고 판단한 것이다.

그러나 공은 마지막 순간에 쑥 하고 가라앉으며 작 피터슨의 방망이를 헛돌게 만들었다.

"젠장! 싱커였어."

작 피터슨이 제자리에서 껑충 뛰며 아쉬움을 달랬다.

싱커가 스트라이크존을 파고든 탓에 방망이를 내돌리지 않았다 하더라도 결과는 달라지지 않았을 것이다. 다만 싱커를 머릿속에 그리던 상황에서 싱커에 당해버렸다는 사실이 치욕스럽게 느껴졌다.

"이번에는 뭐냐? 포심? 아니면 다시 싱커?"

작 피터슨이 이를 악물며 방망이를 들어 올렸다.

투 스트라이트 노 볼에 몰려 있었지만 작 피터슨의 투지만큼은 아직 꺾이지 않았다.

하지만 펠리스 에르난데스가 던질 수 있는 공은 포심 패스트볼과 싱커만 있는 게 아니었다. 세컨드 피치로 손색이 없는 체인지업과 커브 그리고 종으로 날카롭게 떨어지는 슬라이더까지. 무려 5개의 구종을 완벽에 가깝게 구사할 줄 알았다.

'킹, 여기로.'

잔뜩 열을 내는 작 피터슨을 힐끔 바라본 뒤 마이클 주니노가 바깥쪽으로 미트를 움직였다.

구종은 커브.

빠른 공에 초점이 맞춰진 작 피터슨을 꼼짝 못하게 만들 생각이었다.

사인을 확인한 펠리스 에르난데스가 무뚝뚝한 얼굴로 고개를 까닥거렸다. 그러고는 일말의 망설임도 없이 투수판을 박차고 나왔다.

후앗!

펠리스 에르난데스의 손끝을 빠져나온 공이 큰 포물선을 그리며 날아들었다. 순간 포심 패스트볼 타이밍에 방망이를 내돌리던 작 피터슨이 허리를 멈춰 세웠다.

전혀 예상치 못한 공이 날아든 상황에서 그가 할 수 있는 건 볼이 되길 기다리는 것뿐이었다.

천만 다행히도 방망이 헤드는 홈 플레이트 윗면을 넘어서지 않았다. 그러나 구심의 판정에는 별다른 영향을 미치지 않았다.

-작 피터슨, 삼진입니다.

-방망이를 잘 멈춰 세우는 것까지는 좋았지만 펠리스 에르난데스의 커브가 스트라이크존을 통과하고 말았습니다.

-백도어성 커브인데요.

-홈 플레이트 바깥쪽으로 흘러 나가는가 싶더니 마지막 순간에 살짝 방향을 바꿨네요.

-어쨌든 펠리스 에르난데스, 선두 타자 작 피터슨을 삼진으로 잡아내면서 다저스에 대한 반격을 시작합니다.

-확실히 오늘 경기는 투수전 양상으로 진행될 가능성이 높으니까요. 에이스로서 건과의 기 싸움에서 밀리지 않는 게 중요했는데 킹 펠리스다운 피칭을 보여주었습니다.

-작 피터슨이 물러난 타석에 2번 타자, 마이클 리드가 들어옵니다.

-공격력 강화를 위해서 마이클 리드 대신 저스트 터너가 2번 타순에 올라올 거란 예상이 많았는데요. 모렐 허샤이저 감독의 선택은 마이클 리드였습니다.

-언론에서는 좌익수 자리에 조시 메딕이 들어올 가능성이 높다고 보도했죠.

-펠리스 에르난데스가 우완 투수니까요. 우타자인 마이클 리드보다는 우완 투수에 강했던 조시 메딕을 선발 출장시키는 게 낫다고 판단했던 것 같습니다.

-조시 메딕도 언론과의 인터뷰에서 월드시리즈 선발 출장을 강하게 희망했는데요. 아쉽게도 오늘 경기에서도 선발 출장의 기회는 잡지 못했네요.

-아무래도 모렐 허샤이저 감독은 공격력 강화보다는 안정적인 수비가 우선이라고 판단을 내린 것 같습니다.

ESPM 중계진은 마이클 리드의 출장 이유를 수비력 때문이라고 꼽았다. 그러나 타석에 들어선 마이클 리드는 수비만 좋다는 세간의 평가를 어떻게든 깨뜨리고 싶었다.

'속지 말자. 침착하게. 안타가 아니어도 좋으니까 어떻게든 출루하자.'

마이클 리드가 방망이를 가볍게 움켜쥐었다. 혹시라도 엉겁결에 방망이가 나갈까 봐 어깨에 최대한 힘을 빼고 펠리스 에르난데스를 똑바로 바라보았다.

하지만 펠리스 에르난데스는 눈 하나 까딱하지 않았다. 미안하게도 펠리스 에르난데스는 마이클 리드를 쉬어가는 타순 정도로 생각하고 있었다.

'자, 애송이. 어서 건드려 보라고.'

펠리스 에르난데스가 무표정한 얼굴로 초구를 내던졌다.

후앗!

펠리스 에르난데스의 손끝을 빠져나간 공이 바깥쪽으로 빠르게 날아갔다. 스트라이크존에서 공 하나 정도 빠진 코스였지만 마이클 리드처럼 경험이 많지 않은 타자의 눈에는 스트라이크처럼 보이는 그런 공이었다.

그러나 마이클 리드는 입술을 질근 깨물며 초구를 지켜봤다.

펠리스 에르난데스 같은 투수가 올해 메이저리그에 데뷔한 신인을 상대로 좋은 공을 던져 줄 리 없다는 터너 바드 타격 코치의 조언을 믿은 것이다.

퍼엉!

마이클 주니노가 바깥쪽으로 흘러 나간 공을 재빨리 홈 플레이트 쪽으로 끌어당겼다. 하지만 구심은 단호하게 볼을 선언했다.

마이클 리드는 내친김에 2구도 걸러냈다.

펠리스 에르난데스가 내던진 몸 쪽 공이 마지막 순간에 쑥 가라앉으며 스트라이크존 밑으로 빠져나갔지만 아랫배에 단단히 힘을 준 채 스윙하고 싶은 욕망을 이겨냈다.

그렇게 볼카운트가 투 볼이 되자 펠리스 에르난데스도 스트라이크존을 공략할 수밖에 없었다.

퍼엉!

펠리스 에르난데스는 3구째 고속 싱커를 몸 쪽에 붙여 넣으며 첫 번째 스트라이크를 잡아냈다.

그리고.

퍼엉!

4구째 낙차 큰 커브를 바깥쪽에 집어넣으며 두 번째 스트라이크를 만들어냈다.

투 볼로 시작했던 볼카운트가 투 스트라이크 투 볼로 바뀌었다.

해볼 만하다고 눈을 반짝였던 마이클 리드의 얼굴이 순식간에 기가 죽어 있었다.

"으이그, 저 멍청이."

마이클 리드가 방망이 한 번 내돌리지 못하고 뜸을 들이자 오스틴 번이 답답하다며 한숨을 내쉬었다.

제구력이 좋은 펠리스 에르난데스가 고작 신인 타자에게 스트레이트 사사구를 내줄 리 없는데 3구와 4구를 놓쳐 버린 마이클 리드가 한심스럽기만 했다.

"이번엔 뭘까?"

옆에 앉아 있던 안승혁이 박건호를 바라봤다.

"글쎄. 나라면 몸 쪽 포심."

박건호가 이온 음료를 홀짝거리며 말했다.

투 스트라이크 투 볼.

투수와 타자 모두에게 가능성이 남은 볼카운트에서 박건호 같은 유형의 투수라면 정면 승부를 선택할 가능성이 높았다.

하지만 펠리스 에르난데스는 5구째 고속 싱커를 바깥쪽 코스로 밀어 넣었다. 마이클 리드가 포심 패스트볼이라 여기고 헛스윙을 하도록 말이다.

그러나 애석하게도 마이클 리드의 방망이는 꿈쩍도 하지 않았다. 아니, 꿈쩍도 하지 못했다. 고속 싱커가 너무나 빨라서 감히 방망이를 내밀 엄두조차 내지 못한 것이다.

그 결과 볼카운트가 풀카운트로 바뀌었다.

투 스트라이크 쓰리 볼.

"짜증 나게 하는군."

펠리스 에르난데스가 처음으로 불쾌한 감정을 드러냈다.

올해 데뷔한 신인을 상대로, 그것도 월드시리즈 타율이 2할

에도 못 미치는 애송이에게 풀카운트라니. 이건 사이영 상 투수의 자존심이 허락하지 않았다.

"어디 이것도 참아봐라."

펠리스 에르난데스가 빠르게 투수판을 내찼다. 그리고 마이클 주니노의 미트가 아닌 프로텍트 정중앙을 향해 힘껏 공을 던졌다.

후앗!

펠리스 에르난데스의 손끝을 빠져나간 공이 한복판으로 날아들었다.

구종은 고속 싱커.

"젠장할!"

몸 쪽 공을 요구했던 마이클 주니노는 당혹스러움을 감추지 못했다. 실투 여부를 떠나 한복판이었다. 여차하면 장타로 연결될 수 있는 코스였다.

풀카운트라는 이유로 반쯤 얼어붙어 있었던 마이클 리드도 이번만큼은 이를 악물고 방망이를 내돌렸다.

죽을 때 죽더라도 방망이 한 번 내돌리지 않고 삼진을 당했다는 비아냥거림은 듣고 싶지 않았다.

그 의지가 통한 것일까.

따악!

방망이 중심 부분에 걸린 타구가 센터 방면으로 쭉쭉 뻗어

나갔다.

"젠장할!"

생각보다 훨씬 크게 뻗어 나가는 타구에 펠리스 에르난데스가 놀란 눈으로 펜스 쪽을 바라봤다. 중견수 레오나르도 마틴이 공을 잡기 위해 미친 듯이 내달리고 있지만 분위기상 쉽지 않아 보였다.

그사이 마이클 리드는 1루를 지나 2루를 향해 내달렸다. 그리고 타구가 기어코 펜스를 직격하고 떨어지자 이를 악물고 3루까지 노렸다.

"3루!"

"3루로!"

동료들의 외침에 레오나르도 마틴의 송구를 받은 유격수 진 세그라가 3루 쪽으로 공을 던졌다. 하지만 송구는 3루수 카인 시거에게 제대로 전달이 되지 않았다.

─마이클 리드! 다저스가 리드할 수 있는 천금 같은 기회를 만들어냅니다!

─5개의 공을 지켜만 봐서 걱정했는데 한복판으로 들어오는 싱커를 놓치지 않고 때려냈습니다!

─펠리스 에르난데스가 쳐 볼 테면 쳐 보라고 던진 공 같았는데요. 결과가 앞선 1회 초와 정반대로 나왔습니다.

-아무래도 구속의 차이를 언급하지 않을 수가 없을 것 같습니다. 전광판에 찍힌 펠리스 에르난데스의 싱커 구속이 93mile/h(≒149.7㎞/h)인데요. 한복판에 자신 있게 던질 만한 구속은 아니었던 것 같네요. 반면 건은 100mile/h(≒160.9㎞/h)을 훌쩍 뛰어넘겼죠.

-펠리스 에르난데스의 고속 싱커가 메이저리그를 대표하긴 하지만 건의 포심 패스트볼은 메이저리그 최고의 패스트볼이니까요. 싱커가 패스트볼에 포함된다는 걸 감안했을 때 결국 건의 포심 패스트볼이 펠리스 에르난데스의 싱커보다 낫다는 말 아니겠습니까?

-어쨌든 다저스, 1회 말부터 1사 주자 3루의 득점 기회가 찾아왔습니다!

ESPM 중계진이 3루타 장면을 몇 번이고 돌려보는 동안 타석에 3번 타자 코일 시거가 들어섰다.

"점수를 내줘서는 안 돼."

펠리스 에르난데스는 철저하게 싱커로 승부를 걸었다.

초구는 바깥쪽으로 흘러 나가는 싱커.

2구는 몸 쪽 높게 붙인 싱커.

3구는 다시 몸 쪽 낮게 깔린 싱커.

코일 시거는 초구를 지켜본 뒤 2구와 3구를 건드리며 싱커에 빠르게 적응해 나갔다. 그리고 4구째 바깥쪽으로 흘러 나가는 체인지업을 쭉 밀어쳐 우익수 쪽으로 타구를 날렸다.

―우익수 넬슨 크로스, 두 걸음 정도 뒷걸음질 치다가 잡겠다는 신호를 합니다.
―타구가 생각보다 깊지 않은데요. 넬슨 크로스가 전문 우익수가 아니라 하더라도 마이클 리드가 쉽게 뛰지는 못할 것 같습니다.

ESPM 중계진은 마이클 리드가 태그 업 플레이를 하기 어려울 거라고 예상했다.
마이클 리드도 달리는 걸 포기한 채 3루에 붙어 서서 넬슨 크로스가 공을 잡는 모습을 바라보았다.

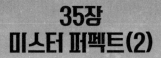

35장
미스터 퍼펙트(2)

"설마 이 거리에서 뛰진 않겠지."

넬슨 크로스도 송구에 대한 부담을 떨치고 두 손으로 떨어지는 공을 단단히 붙잡았다.

"좋았어!"

펠리스 에르난데스가 글러브를 두드리며 소리쳤다. 이때까지만 해도 모든 게 자신이 예상하는 대로 흘러갈 것만 같았다.

그런데.

타다다닥!

갑작스럽게 마이클 리드가 내달리면서 상황이 변했다.

－아, 마이클 리드! 뜁니다! 홈으로 내달립니다!

─태그 업 플레이를 준비하지 않고 있었는데요!

─넬슨 크로스! 다급하게 홈으로 공을 던집니다!

─아아! 송구가 빗나갑니다! 마이클 리드! 마이클 리드! 마이클 리드ㅇㅇㅇㅇㅇ!

─세이프! 세잎입니다! 마이클 리드! 빠른 발로 다저스의 첫 득점을 만들어냅니다!

마치 코일 시거의 타구가 짧을 거라는 걸 예상이라도 했던 것처럼 마이클 리드는 넬슨 크로스가 공을 잡기가 무섭게 홈으로 돌진했다.

그리고 당황한 넬슨 크로스는 중계 플레이가 아니라 홈 송구를 선택했다. 유격수 진 세그라에게 맡겨 뒀더라도 홈에서 마이클 리드를 잡아낼 수 있었지만 마음이 급한 나머지 최악의 선택을 하고 말았다.

─스캇 서바이브 감독, 머리를 감싸 쥡니다.

─고작 한 점이긴 하지만 이 점수 차이는 크죠.

─월드시리즈는 현재 다저스가 3승 2패로 앞서고 있습니다. 그리고 오늘 경기에서 다저스가 승리한다면 매리너스에게 다음 경기는 없습니다.

─만약 다저스가 이 한 점의 리드를 경기 후반까지 유지할

수만 있다면 모렐 허샤이저 감독도 오늘 경기에서 모든 걸 쏟아부을 겁니다.

─어쩌면 슬레이튼 커쇼가 나와서 월드시리즈 우승을 제 손으로 확정 지을지도 모릅니다.

─하하. 그야말로 꿈같은 이야기네요. 승리투수 건. 그리고 월드시리즈 첫 세이브 슬레이튼 커쇼. 다저스 팬들이 가장 바라는 시나리오일지 모르겠습니다.

─하지만 건이 그리 호락호락하진 않으니까요. 이닝을 남겨줄지 모르겠습니다.

─제 생각도 같습니다. 1회에 건이 보여주었던 퍼포먼스라면 2차전 때처럼 홀로 경기를 책임질 수 있을 것 같은데요.

─매리너스 입장에서는 어떻게든 최대한 빨리 한 점을 쫓아가는 게 중요합니다. 킹 펠리스라고 해서 지치지 않는 건 아니거든요. 펠리스 에르난데스가 승리투수 여건을 갖추고 마운드에서 내려가지 못한다면 매리너스가 월드시리즈 7차전을 보기란 어려울 것 같습니다.

ESPM 중계석은 일찍부터 달아올랐다. 팽팽한 투수전을 예상했는데 다저스가 1회부터 선취점을 뽑아냈으니 경기가 훨씬 더 흥미진진해질 것이라며 좋아했다.

그사이 펠리스 에르난데스는 4번 타자 에이든 곤잘레스를 중견수 플라이로 잡아내고 이닝을 끝마쳤다.

원 스트라이크 원 볼 상황에서 몸 쪽으로 떨어지는 체인지업을 에이든 곤잘레스가 잘 걷어 올렸지만 워닝 트랙 앞에서 붙잡히고 말았다.

"젠장. 외야가 좁은 구장으로 팀을 옮기던가 해야지 원."

에이든 곤잘레스가 투덜거리며 헬멧을 벗었다.

그러자 박건호가 슬그머니 다가와 에이든 곤잘레스의 엉덩이 밑을 꼬집었다.

"가긴 어딜 가요? 에이든은 다저스 유니폼만 어울린다고요."

"무슨 소리야? 난 파드리스 유니폼도 잘 어울린다고."

"그래서 파드리스로 간다고요? 진심으로 하는 말이에요?"

"내가 파드리스로 가면 홈런 좀 맞아줄 거야?"

"아뇨. 그 반대죠. 에이든의 두툼한 엉덩이에 포심 패스트볼을 꽂아 넣어줄게요."

"이 자식! 농담이라도 그런 무시무시한 말은 하는 거 아냐!"

에이든 곤잘레스가 투덜거리며 1루 베이스 쪽으로 걸어갔다.

박건호가 진심으로 한 말은 아니겠지만 최고 구속 106mile/h(≒170.6㎞/h)에 달하는 포심 패스트볼이 정말로 엉덩이 쪽으로 들어온다면 감히 피하지도 못하고 그대로 시즌 아웃이 될 것만 같았다.

아니, 시즌 아웃에서 끝나면 차라리 다행이었다. 하지만 나이를 감안했을 때 은퇴 수순을 밟게 될지도 몰랐다.

"그러니까 에이든. 딴 데 가지 말고 거기 지키고 있어요. 알았죠?"

박건호가 에이든 곤잘레스에게 공을 던져 주며 씩 웃었다.

"쳇. 안 간다, 안 간다고."

에이든 곤잘레스가 퉤 하고 침을 내뱉었다. 그러고는 애써 웃음을 감추며 2루수 엔리 에르난데스에게 공을 건네주었다.

에이든 곤잘레스와 농담을 주고받으며 긴장을 푼 박건호는 느긋하게 마운드를 골랐다.

예상치 못한 실점 때문일까. 펠리스 에르난데스가 남기고 간 흔적이 마운드 위에 제법 강렬하게 남아 있었다.

"이렇게 만난 것도 인연인데 살살합시다."

박건호가 혼잣말처럼 중얼거렸다. 슬레이튼 커쇼만큼은 아니지만 펠리스 에르난데스도 꼭 한번 맞붙고 싶은 메이저리그 에이스 중 한 명이었다.

하지만 리그가 다른 터라 펠리스 에르난데스를 만나기란 쉽지 않았다.

어쩌면 오늘 경기가 펠리스 에르난데스와 맞붙는 마지막 경기가 될지 몰랐다. 그래서 박건호는 가능하다면 펠리스 에르난데스와 최대한 오래도록 경쟁하고 싶었다. 오늘 경기를 두고두고 추억 삼아 곱씹을 수 있도록 말이다.

그렇다고 해서 펠리스 에르난데스에게 승리의 영광을 넘겨줄 생각은 전혀 없었다.

"후우……."

투수판을 밟으며 박건호가 잠시 펠리스 에르난데스 쪽을 바라봤다.

때마침 펠리스 에르난데스도 수건을 손에 든 채로 마운드를 올려다보고 있었다.

"펠리스 형, 미안하지만 오늘 경기는 내가 이길 거라고요."

박건호가 슬쩍 입가를 비틀어 올렸다. 그러고는 오스틴 번의 미트를 향해 이를 악물고 공을 내던졌다.

퍼엉!

순식간에 홈 플레이트를 가른 공이 오스틴 번의 미트를 흔들어 놓았다.

"후우……."

오른쪽 타석에 들어섰던 넬슨 크로스가 땅이 꺼져라 한숨을 내쉬었다. 앞선 수비에서의 아쉬움을 만회하고자 이를 악물고 타석에 들어섰지만 눈 깜짝할 사이에 사라져 버린 박건호의 포심 패스트볼을 보고 있자니 도저히 때려낼 엄두가 나지 않았다.

그러자 ESPM 중계진이 또다시 호들갑을 떨어댔다.

－건! 초구부터 넬슨 크로스의 몸 쪽으로 포심 패스트볼을 찔러 넣습니다.

－전광판 구속이 무려 104mile/h(≒167.3km/h)인데요.

－매리너스에서 가장 빠른 공을 던지는 오타니 쇼헤의 개인 최고 구속과 같은 숫자입니다.

－하지만 오타니 쇼헤는 올해 단 한 번도 104mile/h을 기록하지 못했죠.

－지난번에 오타니 쇼헤는 측정 방식의 차이 때문에 일본에 있을 때보다 구속이 낮게 나온 것 같다고 말했는데요.

－그렇다면 건은 뭘까요?

－하하. 건은 그야말로 괴물이죠. 오타니 쇼헤와 비교할 수 없을 것 같습니다.

－구속만 놓고 보자면 오타니 쇼헤도 충분히 빠른 편이지만…… 확실히 투수는 구속이 전부가 아니니까요.

－방금 넬슨 크로스의 몸 쪽으로 포심 패스트볼을 꽂아 넣는 걸 보세요. 매리너스 타자들 중에 건을 상대로 가장 강했던 타자가 바로 넬슨 크로스인데요.

－안타는 많지 않았지만 타구의 질이 좋았죠. 삼진도 좀처럼 당하지 않았고요.

-천적처럼 느껴지는 타자에게 월드 시리즈에서 초구를 몸쪽으로 붙여 넣을 배짱을 가진 투수가 과연 몇 명이나 될까요?

-이건 아마 오타니 쇼헤도 흉내 내지 못할 겁니다.

-실제 오타니 쇼헤의 포심 패스트볼은 바깥쪽 코스에 치중되어 있으니까요.

ESPM 중계진은 뜬금없이 오타니 쇼헤를 언급하며 박건호와 비교를 시작했다.

많은 이가 기대했던 박건호와 오타니 쇼헤의 한일 에이스 맞대결이 무산된 탓에 이렇게라도 해서 그 아쉬움을 달랠 생각인 모양이었다.

초구 몸 쪽 포심 패스트볼을 놓쳤던 넬슨 크로스가 2구째 들어온 바깥쪽 포심 패스트볼을 가까스로 걷어내는 데 성공했지만 ESPM 중계진은 별다른 코멘트조차 하지 않았다.

그러다 박건호가 내던진 3구째 커브에 넬슨 크로스가 꼼짝도 못하고 당하자 기다렸다는 듯이 박건호에 대한 극찬을 쏟아내기 시작했다.

-건! 넬슨 크로스를 커브로 잡아냅니다!

-4타자 연속 탈삼진인데요. 오늘 경기 컨디션이 아주 좋아 보입니다.

－다시 한번 살펴보도록 하죠. 일단 초구와 2구, 몸 쪽과 바깥쪽으로 두 개의 포심 패스트볼을 찔러 넣어서 투 스트라이크를 잡아냈는데요.

－패스트볼에 대한 시즌 타율이 4할에 가까운 넬슨 크로스지만 건의 포심 패스트볼에는 좀처럼 타이밍을 맞추지 못했습니다.

－초구가 104mile/h, 2구가 102mile/h(≒164.2㎞/h)이었으니까요.

－개인적으로 건이 3구째 다시 포심 패스트볼을 던졌다 해도 넬슨 크로스가 공략해 내지 못했을 것 같습니다.

－저는 건이 넬슨 크로스와의 정면 승부를 피했다고 생각하지 않습니다. 포심 패스트볼이 연달아 두 개 들어왔으면 타자 입장에서는 변화구를 머릿속에 그리는 게 당연하니까요.

－저 역시 같은 생각입니다. 월드시리즈 2차전 노히트노런의 주인공인 건이 1 대 0으로 앞서가는 상황에서 몸을 사리는 피칭을 할 리가 없겠죠. 그랬다면 우리 모두가 건에게 열광하는 일도 없었을 겁니다.

ESPM 중계진이 박건호에 넋이 팔린 사이 2회 초 매리너스의 공격이 끝이 났다.

5번 타자 카인 시거는 기습 번트를 시도했다가 아웃되고 말

앗다.

매리너스 벤치에서 작전이 나온 것인지 아니면 개인적인 판단이었는지는 몰라도 초구 포심 패스트볼이 몸 쪽을 파고들자 재빨리 자세를 낮춰 방망이 중심에 타구를 맞추는 데까지 성공했다.

하지만 마지막 순간에 타구의 숨을 죽이지 못하면서 평범한 포수 플라이 아웃이 되고 말았다.

뒤이어 타석에 들어선 6번 타자 진 세그라는 건의 초구 포심 패스트볼을 지켜본 뒤 2구째 들어온 바깥쪽 포심 체인지업을 잡아당겨 유격수 땅볼로 물러났다.

마지막 순간에 포심 체인지업이라는 걸 간파하고 왼손을 놓으며 타이밍을 맞추는 것까지는 좋았지만 포심 체인지업의 무브먼트를 이겨내지 못했다.

—진 세그라, 잘 받아쳤습니다만 타구가 유격수 정면으로 굴러가고 말았습니다.

—코일 시거가 안정적으로 포구해 1루에 송구했습니다.

—평소 코일 시거의 수비와 비교했을 때 오늘은 상당히 신중해 보이는데요.

—월드시리즈 마지막 경기니까요. 오늘 같은 날에는 그 누구도 실수하고 싶지 않을 겁니다.

─하지만 매리너스 벤치에서는 누군가의 실수를 간절히 바라겠죠.

　─하하. 그 누군가가 누구일까요?

　─카메라는 정답을 알고 있을 겁니다.

　ESPM 중계진의 넉살에 중계 카메라가 마운드를 내려가는 박건호의 모습을 비췄다.

　공 6개로 세 개의 아웃 카운트를 잡아낸 박건호의 표정은 여유롭기만 했다.

　2회까지 투구 수가 고작 15구에 불과하니 목표인 완투도 충분히 가능해 보였다.

　반면 비어 있는 마운드로 걸음을 옮기는 펠리스 에르난데스의 표정은 썩 밝아 보이지 않았다.

　"후우…… . 쉴 틈을 안 주는군."

　펠리스 에르난데스가 불만스럽게 중얼거렸다. 더그아웃으로 내려가 한숨 돌리기가 무섭게 공수가 바뀌어버렸으니 짜증이 나는 것도 무리는 아니었다.

　선발 투수에게 있어 일정한 투구 리듬처럼 중요한 건 없었다.

　짧게는 십 분에서 길게는 이십 분 정도.

　한 이닝의 투구가 끝나면 너무 빠르지도, 늦지도 않은 시간내에 다시 마운드에 오르는 게 투구 밸런스를 유지하는 데 유리했다.

특히나 펠리스 에르난데스처럼 전성기에서 내려오는 시점의 투수들은 투구 이후 적절한 휴식을 취해주어야 했다.

땀을 닦고 수분과 열량을 보충하고 부족한 부분을 포수나 코치와 이야기하며 정신적인 긴장감을 해소하는 일련의 과정들이 제대로 이루어져야만 좋은 피칭 컨디션을 유지할 수 있었다.

그런데 타자들이 순식간에 공격을 마치면서 펠리스 에르난데스는 다음 이닝에 대한 마음의 준비도 하지 못하고 경기장으로 끌려 나오고 말았다.

"후우……."

마운드 위에 올라선 펠리스 에르난데스는 신경질적으로 발을 움직였다. 멀쩡한 부분도 다시 헤집은 뒤 단단하게 다졌다. 그렇게 2분 정도 마운드를 재정비하고서야 연습 투구에 들어갔다.

구심은 펠리스 에르난데스가 충분히 몸을 풀 수 있도록 시간을 주었다. 몇몇 다저스 관중이 야유를 보냈지만 펠리스 에르난데스는 눈 하나 까딱하지 않고 구심이 허락한 시간을 전부 사용했다.

－펠리스 에르난데스, 잘하고 있습니다. 굳이 서두를 필요가 없습니다.

　－월드시리즈 우승이 걸린 경기니까요. 펠리스 에르난데스의 호투를 바라는 야구팬들을 위해서라도 몸을 확실히 풀어야 합니다.

　－참고로 펠리스 에르난데스는 지난 3차전 이후 사흘 만에 마운드에 올랐습니다. 반면 건은 2차전 등판 이후 닷새만의 선발 등판인데요.

　－체력적인 부분만 놓고 봤을 때 펠리스 에르난데스에게 불리한 경기가 될 수밖에 없을 것 같습니다.

　－게다가 한 점 리드당한 상황이니까요. 이런 때일수록 마음을 다잡고 자신의 페이스대로 공을 던지는 게 중요합니다.

　ESPM 중계진도 펠리스 에르난데스의 노련한 경기 운영을 긍정적으로 평가했다.

　벤치에 앉아 음료를 마시던 박건호도 펠리스 에르난데스를 보며 나직이 감탄을 흘렸다.

　"대단하긴 대단하네."

　"뭐가?"

　"초조하고 조급할 텐데도 얼굴에 티가 안 나. 이제 막 마운드에 올라온 투수 같다고."

"하긴. 괜히 킹 펠리스는 아니니까."

오스틴 번도 동의하듯 고개를 주억거렸다.

킹이라는 별명이 붙은 스포츠 스타들은 많지만 경기할 때의 모습만 보면 펠리스 에르난데스만큼 그 별명이 어울리는 이는 없는 것 같았다.

그런 오스틴 번의 감상을 재확인시키듯 펠리스 에르난데스는 2회 말 다저스 공격을 삼자범퇴로 틀어막고 마운드를 내려갔다.

5번 타자 안승혁은 투 스트라이크 원 볼 상황에서 4구째 날아든 몸 쪽 고속 싱커를 헛쳐 삼진을 당했다.

6번 타자 저스트 터너는 풀카운트까지 승부를 잘 끌고 갔으나 6구째 들어온 체인지업에 2루수 땅볼로 물러나고 말았다.

7번 타자 엔리 에르난데스는 초구와 2구, 싱커를 잘 참아내며 볼카운트를 유리하게 끌고 갔지만 3구째 들어온 몸 쪽 커브에 타이밍을 빼앗긴 뒤 4구째 바깥쪽을 파고든 슬라이더에 방망이를 내밀어 1루수 앞 땅볼로 아웃이 됐다.

"잘했어! 아담!"

펠리스 에르난데스는 글러브를 두드리며 마지막 아웃 카운트를 처리해 준 아담 리드를 독려했다. 그리고 더그아웃으로 들어오는 수비수들과 손뼉을 부딪치며 자신의 기운을 나눠 주었다.

"킹! 잘 봐. 내가 바로 동점을 만들어 놓을 테니까."

7번 타자 아담 리드는 평소보다 20g 정도 가벼운 방망이를 들고 타석에 들어섰다. 힘이야 워낙 자신 있으니 방망이의 중량을 낮춰 박건호의 포심 패스트볼에 대응하겠다는 계산이었다.

"그래, 아담! 저기 센터를 넘겨 버리라고."

펠리스 에르난데스도 씩 웃으며 아담 리드의 엉덩이를 때려주었다.

가능성은 높지 않지만 장타력을 갖춘 아담 리드가 박건호를 상대로 동점 홈런을 때려내 준다면 팔이 부러지는 한이 있더라도 오늘 경기를 승리로 이끌어 낼 수 있을 것 같았다.

타석에 들어선 아담 리드는 단단히 방망이를 움켜잡았다. 그리고 초구가 몸 쪽을 파고들자 망설이지 않고 방망이를 내돌렸다.

따악!

묵직한 타격음과 함께 타구가 우중간으로 쭉쭉 뻗어 나갔다. 잠시 앞으로 달려 나왔던 중견수 작 피터슨이 황급히 뒷걸음질을 칠 정도였다.

"그렇지!"

"넘어가라! 넘어가라고!"

매리너스 선수들은 전부 더그아웃 난간에 매달려 타구를

지켜보았다.

담장을 넘기기에는 거리가 살짝 아슬아슬하긴 했지만 작은 피터슨이 타구 판단을 실수한 만큼 최소한 2루타 이상의 장타로 이어질 수 있을 것만 같았다.

하지만 다저스 외야에는 작은 피터슨만 있는 게 아니었다.

"내가! 내가 잡을게!"

작은 피터슨의 백업을 위해 빠르게 스타트를 끊었던 마이클 리드가 곧장 타구를 향해 달려들었다.

머리 위로 넘어가는 공을 쫓는 작은 피터슨보다는 자신이 타구를 잡는 게 낫다고 판단한 것이다.

"마이클! 꼭 잡아!"

작은 피터슨은 이내 달리는 방향을 바꾸어 마이클 리드의 뒤쪽으로 빠졌다.

그사이 마이클 리드가 타구를 향해 몸을 날렸다.

"안 돼에에에!"

"제발!"

순간 다저스 관중석에서 자지러지는 비명이 터져 나왔다. 몇몇 관중은 몸을 데굴데굴 구르는 마이클 리드를 보지 못하고 고개를 돌려 버리기까지 했다.

"뭐야? 잡은 거야?"

박건호도 놀란 눈으로 외야를 바라봤다. 만약 포구에 실패했다면 최대한 빨리 중계플레이가 이루어져야 했다.

아담 리드는 공이 빠졌다고 확신을 하고 1루를 지나 2루로 내달리고 있었다. 그리고 3루 코치도 보지 않고 무작정 3루로 내달렸다. 그때까지만 해도 아담 리드는 오늘 경기의 영웅이 될지도 모른다는 상상에 빠져 있었다.

하지만 애석하게도 마이클 리드가 공을 움켜쥔 채로 자리에서 일어나면서 달콤한 꿈은 허무하게 사라져 버렸다.

-마이클 리드! 마이클 리드! 30미터를 질주해 빠져나가려는 공을 잡아냈습니다!

-정말 대단한 플레이입니다. 이 수비 하나로 건을 위기에서 구해냅니다!

-느린 화면으로 다시 보시죠. 하하. 저건 정말 잡기 어려운 타구였거든요.

-작 피터슨이 초반에 타구 판단을 잘못한 순간부터 2루타가 확실한 타구였습니다. 그런데 그 타구를 정말 미친 듯이 쫓아가서 잡아내네요.

-정말 수비 범위만 놓고 보자면 중견수를 봐야 할 선수입니다.

-작 피터슨, 마이클 리드와 하이파이브를 나누는데요. 어쩌면 내년 시즌에는 이 두 선수의 포지션이 서로 바뀔지도 모

르겠습니다.

ESPM 중계진의 칭찬이 쏟아지는 동안 마이클 리드는 유유히 자신의 자리로 돌아왔다.

그런 마이클 리드를 향해 박건호가 마운드 위에서 주먹을 들어 올렸다.

"크흐흐. 건에게 칭찬받았다."

첫 타석에서 3루타를 때려낼 때도, 빠져나가는 타구를 잡아냈을 때도 가벼운 미소로 대신했던 마이클 리드가 크리스마스 선물을 받은 어린아이처럼 해죽 웃었다. 그 모습이 중계 카메라를 통해 전국으로 송출됐다.

―마이클 리드, 환하게 웃는데요. 이제야 본인의 플레이가 실감이 난 것일까요?

―글쎄요. 어쩌면 관중석에서 미녀의 키스라도 받은 것인지도 모르겠습니다.

―아, 아니군요. 건 때문이군요.

―하하, 마이클 리드. 건이 독려하자 환하게 웃었습니다. 마치 건의 아이 같습니다.

―건 키즈, 좋네요. 마이클 리드가 장차 다저스를 이끌어 갈 건을 떠받들어 줄 첫 번째 멤버가 됐습니다.

－마이클 리드가 건 키즈의 멤버가 된 건 분명한 사실이지만 첫 번째인지는 확인해 봐야 할 것 같습니다. 다저스 선수들 중 건을 따르는 젊은 선수는 제법 많으니까요.

ESPM 중계진의 말이 떨어지기가 무섭게 중계 카메라가 경기장 이곳저곳을 비추었다.

가장 먼저 화면에 들어온 건 동갑내기이자 같은 한국 출신인 우익수 안승혁이었다. 안승혁은 정말로 부러운 얼굴로 마이클 리드를 바라보고 있었다.

그다음으로 화면에 잡힌 건 작 피터슨. 하마터면 큰 실수를 할 뻔해서인지 얼굴에는 미안함이 역력했다.

세 번째로 카메라가 담은 선수는 3루수 코일 시거. 박건호의 등장 전까지 작 피터슨과 함께 젊은 선수들의 리더 역할을 해왔지만 지금은 그 누구보다 열렬한 박건호의 지지자로 바뀌어 있었다.

그리고 마지막으로 카메라가 잡은 건 바로 포수 오스틴 번.

－그렇죠. 오스틴 번을 빼먹을 수 없겠죠.
－오스틴 번이야말로 박건호와 함께 성장한 최고의 파트너니까요.

ESPM 중계진들은 자연스럽게 오스틴 번을 치켜세웠다.

작년까지만 해도 백업 포수 자리를 위협받던 벤치 멤버가 이제는 다저스의 주전 포수 마스크를 쓰고 월드 시리즈를 진두지휘하고 있었다.

메이저리그 포수들 중 오스틴 번처럼 드라마틱한 반전을 보여 준 이는 거의 없다시피 했다.

하지만 정작 오스틴 번은 ESPM 중계진의 칭찬에도 웃을 수가 없었다. 안이한 리드로 인해 하마터면 큰 사고가 날 뻔했기 때문이다.

"젠장. 그게 맞을 줄이야."

포수 마스크를 고쳐 쓰며 오스틴 번이 길게 숨을 골랐다. 그리고 박건호에게 미안하다는 손짓을 보냈다.

오스틴 번이 조금 전 요구한 초구는 바깥쪽으로 흘러나가는 커터였다. 아담 리드의 스윙이 크게 퍼져 나오는 만큼 커터를 하나쯤 보여줘도 좋겠다고 판단한 것이다.

박건호는 여느 때처럼 오스틴 번의 사인대로 정확하게 공을 던졌다. 모처럼 던진 커터라 살짝 가운데로 몰리긴 했지만 무브먼트가 워낙 좋으니 크게 문제가 될 건 없어 보였다.

그런데 아담 리드가 그 공을 때려냈다. 그것도 평소보다 훨씬 간결한 스윙으로 말이다.

설상가상 작 피터슨이 타구를 놓치면서 곧바로 실점 위기에 몰릴 뻔했다.

만약 마이클 리드의 슈퍼 플레이가 아니었다면…….

"후우……."

오스틴 번이 다시 길게 한숨을 내쉬었다. 그다음 상황은 상상하고 싶지도 않았다.

하지만 박건호는 신경 쓰지 말라며 피식 웃어 보였다.

"뭘 이런 걸 가지고 그래? 이렇게 하나씩 맞아야 정신 차리고 그러는 거지."

박건호는 상황을 긍정적으로 해석했다. 하마터면 큰 장타가 나올 뻔했지만 그런 불상사는 일어나지 않았다. 오히려 공하나를 던져서 힘이 좋은 아담 리드를 플라이로 잡아냈다.

"오스틴, 빨리빨리. 사인 내놓으라고."

박건호가 투수판을 밟은 채로 오스틴 번을 바라봤다.

그러자 오스틴 번이 조심스럽게 몸 쪽 포심 패스트볼을 주문했다.

"그렇지."

사인을 확인한 박건호가 단단히 고개를 끄덕였다. 그리고 오스틴 번의 미트를 향해 있는 힘껏 공을 내던졌다.

퍼엉!

묵직한 포구 소리가 경기장을 쩌렁하게 울렸다.

뒤이어 전광판에 찍힌 105mile/h(≒169.0㎞/h)이라는 숫자가 가슴을 쓸어내리던 다저스 팬들을 다시 열광하게 만들었다.

"허, 저 자식은 겁도 없나."

박건호의 투구를 지켜보던 오타니 쇼헤이가 어이없다는 투로
중얼거렸다.

하마터면 3루타가 될 뻔한 타구를 얻어맞았으니 제아무리
박건호라 해도 적잖게 놀랄 수밖에 없었다. 그렇다면 당연히
바깥쪽으로 공을 빼야 정상이었다.

그런데 박건호는 아랑곳하지 않고 포심 패스트볼을 몸 쪽
에 찔러 넣었다. 그것도 무려 105mile/h의 공을 말이다.

35장
미스터 퍼펙트(3)

'배짱인가. 아니면 무모한 걸까. 그것도 아니면……'

오타니 쇼헤는 눈을 질끈 감았다. 그리고 막 떠오르려는 마지막 말을 없애 버렸다. 박건호의 승부 근성을 타고난 것이라고 인정해 버리면 영원히 박건호를 제치지 못할 것 같았다.

박건호가 각성하기 전까지 아시아 최고의 투수는 누가 뭐래도 오타니 쇼헤였다. 메이저리그 주요 언론들도 오타니 쇼헤가 올해의 시행착오를 발판 삼아 내년 시즌을 준비한다면 유력한 사이영 상 후보가 될 것이라고 내다봤다.

올해 신인상을 받고 내년에 사이영 상을 차지한다면 박건호와 동등한 위치에 서게 된다. 박건호가 내년에 또다시 사이영 상을 수상할지는 모르겠지만 그건 그때 가서 생각해 볼 문제였다. 적어도 이 시점에서 박건호를 따라잡지 못할 괴물로 만들고 싶진 않았다.

"쳇. 저 녀석은 아무렇지도 않나 보군."

오타니 쇼헤의 시선이 대기 타석에 선 펠리스 에르난데스에게 향했다. 박건호가 순식간에 자신의 페이스를 회복했지만 펠리스 에르난데스는 여전히 무표정한 모습이었다. 마치로봇처럼 아무런 감정조차 내비치지 않고 있었다.

"후우……."

오타니 쇼헤가 길게 숨을 골랐다. 솔직히 펠리스 에르난데스가 마음에 들진 않았다. 킹이라는 오만한 별명으로 불릴 만큼 대단한 투수라고 인정하고 싶은 생각도 없었다.

하지만 이럴 때 보면 펠리스 에르난데스가 메이저리그에서 쌓아올린 커리어만큼은 결코 무시하지 못할 것 같았다.

'어쨌든 잘해보라고, 킹.'

오타니 쇼헤가 속으로 펠리스 에르난데스를 응원했다. 펠리스 에르난데스가 오늘 경기를 잡아주지 못한다면 내일 등판해 매리너스의 사상 첫 월드시리즈 우승을 이끌겠다는 야무진 계획은 수포로 돌아갈 수밖에 없었다.

그러나 마운드도 아닌 타석에서 펠리스 에르난데스가 팀을 위해 할 수 있는 일은 많지 않았다.

"스트라이크, 아웃!"

펠리스 에르난데스는 박건호가 총알처럼 내던지는 포심 패스트볼을 지켜만 본 뒤 무덤덤한 얼굴로 타석에서 내려왔다.

그리고 마이클 주니노에 이어 펠리스 에르난데스까지 삼진으로 돌려세운 박건호는 동료들의 환호 속에 한껏 미소를 지어 올렸다.

ㅡ건! 2회에 이어 3회에도 세 타자를 깔끔하게 잡아냅니다.

ㅡ벌써 6개째 삼진인데요.

ㅡ이 추세대로 9회까지 던진다면 18개의 탈삼진을 잡아내게 될 것 같습니다.

ㅡ그렇게 된다면 로즈 클레멘스와 케리 우드, 랜드 존슨이 기록한 9이닝 최다 탈삼진 기록을 2개 차이로 따라붙게 됩니다.

ㅡ하하. 하지만 이제 3회가 끝났으니까요.

ㅡ네, 참고로 건은 경기 초반에 탈삼진이 많은 편입니다. 그리고 중후반에는 타자들을 영리하게 상대하는 편이죠.

ㅡ하지만 오늘은 다를지도 모릅니다.

ㅡ월드시리즈 우승이 달려 있는 경기니까요.

ㅡ오늘 이 자리에 모인 수많은 다저스 팬은 미래의 에이스, 건이 다저스의 우승을 확정 짓기를 바랄 텐데요.

ㅡ그러나 지금 마운드에 올라온 누군가는 다저스의 우승을

결코 바라지 않을 것 같습니다.

중계 카메라가 자연스럽게 마운드를 비췄다.
마운드 위에서는 펠리스 에르난데스가 무표정한 얼굴로 연습구를 던지고 있었다.

─펠리스 에르난데스, 이번에도 숨 돌릴 새도 없이 마운드에 올라왔습니다.
─3회 초 공격 때 타석에 섰으니까요. 부상 방지를 위해서라도 충분히 몸을 풀어줘야 할 것 같습니다.
─하지만 장기적으로 봤을 때 지나친 연습 투구도 부담으로 작용할 텐데요.
─게다가 사흘 만에 마운드에 올라왔죠.
─다저스 타자들은 이 기회를 놓치지 말아야 할 것 같습니다.
─8번 타자 오스틴 번부터 공격이 진행되는데요. 펠리스 에르난데스가 어떤 투구를 보여줄지 지켜봐야겠습니다.

연습 투구를 마친 펠리스 에르난데스가 로진백을 힘껏 움켜쥐었다. 그리고 무표정한 얼굴로 로진 가루를 길게 불어냈다.

1회 4타자를 상대하면서 던진 공은 16개. 그리고 2회 세 타자를 상대로 던진 공은 14개.

2회까지 투구 수는 총 30개였다.

이닝당 15개.

올 시즌 메이저리그 투수들의 이닝당 평균 투구 수가 14.4개인 걸 감안하면 특별히 많은 편은 아니었다.

하지만 완투를 목적으로 던지는 투수라면 이야기는 달랐다.

펠리스 에르난데스는 오늘 경기에서 중간에 마운드를 내려가고 싶지 않았다. 팀이 이기든 지든 마지막까지 마운드를 지키고 싶었다.

86년생. 만으로 서른둘. 아직은 젊지만 그 젊음을 자만할 수 있는 나이는 결코 아니었다.

펠리스 에르난데스는 오늘 경기가 어쩌면 생에 마지막 월드시리즈가 될지도 모른다고 생각했다. 그래서 오늘 경기에 모든 걸 쏟아붓고 싶었다.

만약 이 페이스대로 7회를 소화한다면 최종 투구 수는 105구가 된다. 펠리스 에르난데스의 올 시즌 평균 투구 수(98.7구)보다 6개 정도가 더 많았다.

오늘 경기 팀 보거트 벤치 코치가 제안한 투구 수는 100개. 팀 보거트 코치는 휴식 시간이 짧다며 100개에서 10개를 줄인

90구를 요구했고 펠리스 에르난데스는 월드시리즈라는 이유를 들어 10개를 늘려 다시 100개로 만들었다.

100구 투구 제한까지 남은 투구 수는 70구.

완투까지 7이닝이 남았으니 한 이닝당 10구 이내에서 모든 아웃 카운트를 잡아내야 했다.

이성적으로 놓고 봤을 때 결코 쉬운 일이 아니었다. 세 개의 아웃 카운트를 10구 이내에 잡아낸다는 건 타자 1명을 평균 3.3구 이내에 처리하라는 소리나 다름없었다.

물론 초구에 타자들의 방망이가 따라 나온다면 10구가 아니라 3구만에 세 개의 아웃 카운트를 잡아낼 수도 있었다. 하지만 다저스 타자들이 바보가 아닌 이상에야 초구만 건드려 펠리스 에르난데스를 도와줄 리 없었다.

"최대한 빨리 끝내자."

펠리스 에르난데스가 투수판을 단단히 밟고 포수 마이클 주니노를 바라봤다.

'초구는 스트라이크를 잡아야 해.'

마이클 주니노는 오스틴 번의 바깥쪽으로 미트를 움직였다.

구종은 포심 패스트볼.

박건호만큼은 아니지만 펠리스 에르난데스가 던질 수 있는 가장 빠른 공으로 첫 번째 스트라이크를 빼앗을 생각이었다.

사인을 확인한 펠리스 에르난데스가 고개를 주억거렸다.

그리고 마이클 주니노의 미트를 향해 힘껏 공을 던졌다.

후앗!

펠리스 에르난데스의 손을 빠져나간 공이 한복판을 지나 바깥쪽으로 도망치듯 날아갔다.

그러자 오스틴 번이 망설이지 않고 방망이를 내돌렸다.

퍼엉!

간발의 차이로 공이 먼저 홈 플레이트를 스쳐 지났다.

"젠장할!"

오스틴 번이 타석을 벗어나며 투덜거렸다. 고작 93mile/h(≒149.7km/h)의 공인데 이상하리만치 타이밍이 맞지 않았다.

'좋았어. 그렇다면…….'

초구 스트라이크를 잡자 마이클 주니노가 곧바로 싱커 사인을 냈다.

코스는 몸 쪽.

투 스트라이크 이후로 볼카운트가 몰리는 것에 부담감을 느낄 오스틴 번이라면 방망이를 내밀 수밖에 없다고 여겼다.

펠리스 에르난데스는 마이클 주니노가 원하는 대로 몸 쪽에 고속 싱커를 붙여 넣었다.

퍼엉!

빠르게 날아든 공이 마지막 순간 훅 하고 가라앉으며 오스틴 번의 무릎 앞쪽을 스쳐 지났다.

그러나 오스틴 번은 그 자리에서 꼼짝도 하지 않았다. 바깥쪽 코스를 예상한 탓에 방망이를 내밀 수가 없었다.

덕분에 볼카운트는 원 스트라이크 원 볼로 바뀌었다.

'투구 수가 더 이상 늘어나면 안 돼.'

펠리스 에르난데스는 마음이 급해졌다. 오스틴 번이 2구를 건드려 죽어줬다면 박건호를 가볍게 상대하고 1번 타자 작 피터슨과의 승부에 집중할 생각이었다. 그런데 오스틴 번이 2구를 걸러내면서 계획이 복잡해졌다.

'킹, 맞춰 잡자고.'

마이클 주니노도 펠리스 에르난데스의 투구 수를 의식해 바깥쪽 체인지업을 요구했다. 펠리스 에르난데스도 고개를 끄덕였다. 이 공이라면 오스틴 번이 결코 참아내지 못할 것이라고 확신했다.

"후우……."

길게 숨을 고른 뒤 펠리스 에르난데스가 마이클 주니노의 미트를 향해 힘껏 공을 던졌다.

후앗!

펠리스 에르난데스의 손끝을 빠져나간 공이 한복판을 지나 바깥쪽으로 예리하게 빠져나갔다. 그와 동시에 오스틴 번이 반사적으로 방망이를 내돌렸다.

'그렇지, 쳐라!'

펠리스 에르난데스는 오스틴 번의 방망이 끝에 공이 걸려주길 바랐다. 하지만 오스틴 번이 마지막 순간에 팔을 쭉 뻗어내며 타구를 1루 쪽 파울 선상 밖으로 밀어내 버렸다.

그렇게 볼카운트가 투 스트라이크 원 볼이 됐다.

'더 이상 공을 낭비할 수는 없어.'

펠리스 에르난데스가 입술을 질근 깨물었다.

마이클 주니노도 확실히 승부를 보자며 몸 쪽 싱커 사인을 냈다.

미트의 위치는 2구째보다 공 두 개 정도 높았다. 오스틴 번이 타격을 하지 않더라도 자연스럽게 삼진을 잡아낼 수 있는 코스였다.

사인을 확인한 펠리스 에르난데스가 길게 숨을 골랐다. 그리고 마이클 주니노의 미트를 향해 있는 힘껏 공을 내던졌다.

후앗!

펠리스 에르난데스의 손을 빠져나간 공이 오스틴 번의 옆구리 쪽을 파고들었다.

그 순간.

'왔다!'

오스틴 번이 번개처럼 방망이를 내돌렸다.

따악!

날카로운 타격음과 함께 타구가 순식간에 내야를 빠져나갔다. 3루수 카인 시거와 유격수 진 세그라가 동시에 타구 쪽으로 몸을 뻗었지만 3유간의 한가운데를 갈라 버린 공을 막아내지 못했다.

"크아아아!"

불리한 볼카운트에서 안타를 때려 낸 오스틴 번이 더그아웃을 향해 주먹을 들어 올렸다.

"잘했어! 오스틴!"

"바로 그거야!"

안승혁과 마이클 리드가 더그아웃 난간에 매달려 열렬히 화답했다.

그사이 박건호는 모렐 허샤이저 감독에게 불려갔다.

'보나 마나 번트겠지.'

박건호는 모렐 허샤이저 감독이 번트 사인을 낼 거라 생각했다.

월드시리즈 6차전, 1 대 0이라는 아슬아슬한 리드 속에 무사에 주자가 출루했는데 타석에 들어선 투수에게 번트를 지시하지 않을 감독은 없을 것 같았다.

하지만 모렐 허샤이저 감독은 박건호의 의사부터 물었다.

"건, 어떻게 하고 싶어?"

"번트…… 대야 하는 거 아니에요?"

"물론 번트를 대서 오스틴 번을 2루로 보내는 것도 좋겠지. 하지만 매리너스 벤치에서도 대비를 할 거야. 결코 쉬운 공을 주지 않을 거라고."

박건호가 번트를 성공시키면 1사 주자 2루가 된다. 그리고 추가 득점 기회는 1번 타자 작 피터슨에게 이어진다.

작 피터슨이 적시타를 때려서 점수 차이를 벌려 준다면 더 없이 좋겠지만 애석하게도 펠리스 에르난데스의 공을 좀처럼 공략하지 못하고 있었다.

그렇다고 다음 타자인 마이클 리드에게 또다시 안타를 바라는 것도 쉽지 않았다. 노련한 펠리스 에르난데스가 마이클 리드를 대충 상대할 리 없었기 때문이다.

"그럼 어떻게 해야 하는데요?"

박건호가 모렐 허샤이저 감독을 빤히 바라봤다. 감독이기 이전에 스승으로서 모렐 허샤이저 감독이 확실한 답을 주길 바랐다.

그러자 잠시 고심하던 모렐 허샤이저 감독이 나직한 목소리로 말했다.

"번트를 대."

"아, 네⋯⋯."

"대신 투 스트라이크 이후에 대도록 해."

"투 스트라이크 이후에요?"

박건호가 이해할 수 없다는 표정을 지었다.

투 스트라이크 이후에 번트를 시도하다 파울이라도 나면 그대로 아웃이었다. 1루 주자를 2루에 보낼 생각이라면 투 스트라이크가 되기 전에 번트를 대는 게 옳았다.

하지만 모렐 허샤이저 감독은 1사 주자 2루 상황만으로는 추가 득점을 할 수 없다고 판단했다. 그래서 아무도 생각지 못했던 작전을 들고 나왔다.

"오스틴 번에게 도루를 시킬 생각이야."

"오, 오스틴이 도루요?"

"쉿. 너무 당황하지 말고."

"아, 넵."

"오스틴은 발이 느리지. 그러니까 조금 과하게 리드를 한다 하더라도 매리너스 배터리가 크게 신경 쓰지 않을 거야. 게다가 마이클 주니노의 도루 저지 능력은 생각만큼 좋지 않아. 어깨는 좋지만 송구가 부정확해. 자신의 어깨를 과신하는 편이고."

"흠…… 무슨 말씀인지 알겠어요. 펠리스 에르난데스가 구속보다 무브먼트로 승부를 보는 투수니까 오스틴이 기습 도루를 감행할 경우 마이클 주니노가 서두르다가 송구 실수를 할 수도 있다고 생각하시는 거죠?"

"그래, 그 가능성이 높진 않겠지만 만약 이 작전이 먹혀든다면 추가점을 올리게 될지도 몰라."

"그러니까 투 스트라이크까진 일단 오스틴 번이 뛸 수 있게 도우라는 이야기죠?"

"번트를 대는 시늉을 적극적으로 해주면 더 고맙고."

"알겠습니다. 해볼게요."

박건호가 씩 웃으며 타석에 들어섰다.

번트를 대야 한다는 건 달라지지 않았지만 단순히 주자를 스코어링 포지션에 보내기 위해서가 아니라 확실한 추가점을 내기 위한 특별 임무를 부여받았다는 사실이 마음에 들었다.

"자, 난 번트를 댈 거니까 스트라이크를 던져 달라고."

박건호가 일찌감치 자세를 낮추며 중얼거렸다.

그러자 마이클 주니노가 초구에 몸 쪽으로 깊숙이 파고드는 포심 패스트볼을 요구했다. 아웃 카운트가 급하긴 하지만 그렇다고 해서 박건호에게 쉽게 번트를 대줄 생각은 추호도 없었다.

사인을 확인한 펠리스 에르난데스도 묵묵히 고개를 끄덕였다. 그리고 마이클 주니노의 미트를 향해 빠르게 공을 던졌다.

후앗!

펠리스 에르난데스의 손에서 공이 빠져나오기가 무섭게 박건호가 번트를 댈 것처럼 달려들었다.

하지만 그것도 잠시.

마지막 순간에 슬쩍 몸을 피해 공을 흘려보냈다.

눈을 부릅뜨고 상황을 지켜보던 구심이 아무 말 없이 경직된 몸을 풀었다.

"쳇."

마이클 주니노가 미간을 찌푸렸다. 설마하니 마지막 순간에 박건호가 공을 골라낼 줄은 몰랐던 모양이었다.

'그렇다면 이건 어떠냐?'

마이클 주니노는 2구째 다시 몸 쪽 공을 요구했다.

구종은 싱커.

박건호가 노리고 들어오더라도 타구를 3루 쪽으로 꺾지 못하게 만들 생각이었다.

펠리스 에르난데스는 이번에도 마이클 주니노의 요구대로 공을 던졌다. 하지만 박건호는 또다시 방망이를 거둬들이며 번트를 포기했다.

그 과정에서 시야가 가렸던지 구심은 이번에도 볼을 선언했다.

'미치겠군.'

마이클 주니노가 입술을 깨물었다.

3회 들어 5개의 공을 던졌는데 아직 단 하나의 아웃 카운트도 잡아내지 못하고 있었다. 오히려 박건호의 실수를 유도하기 위해 몸 쪽에 붙인 공이 전부 볼 판정을 받으면서 볼카운트까지 나빠진 상황이었다.

'또 번트인가? 아니면 강공?'

마이클 주니노가 다저스 쪽 벤치를 바라봤다.

때마침 밥 그린 벤치 코치가 나서서 수신호를 보내고 있었다. 그 사인이 크리스 우드 3루 코치를 통해 박건호에게 전달됐다.

"오케이."

박건호가 뭔가 대단한 작전이라도 나온 것처럼 중얼거렸다.

그러자 마이클 주니노가 고심 끝에 바깥쪽 체인지업을 요구했다.

'킹! 분명 히트 앤드 런이 나왔을 거야. 그러니까 차라리 땅볼로 유도하자.'

사인을 확인한 펠리스 에르난데스도 동의하듯 고개를 끄덕였다. 처음보다 오스틴 번의 리드가 넓어진 걸로 봐서는 다저스 벤치에서 뭔가 작전이 나온 게 틀림없어 보였다.

하지만 펠리스 에르난데스는 1루에 견제할 생각을 하지 않았다. 오스틴 번이 다른 타자들보다 한두 걸음 정도 더 거리를 벌린다 하더라도 소용없었다. 박건호가 평범한 땅볼을 때렸을 때 오스틴 번이 2루에 살아 들어갈 가능성은 거의 없다시피 했기 때문이다. 오히려 펠리스 에르난데스는 오스틴 번의 리드를 못 본 척했다.

'만에 하나 건이 헛스윙을 한다면 역으로 저 녀석을 1루에서 잡을 수도 있어.'

마이클 주니노의 강한 어깨라면 제때 귀루하지 못한 오스틴 번을 1루에서 충분히 아웃시켜 줄 것 같았다.

마이클 주니노도 오스틴 번의 움직임을 눈으로 주시하며 미트를 들어 올렸다. 박건호는 그때까지 방망이를 든 채로 타석에 가만히 서 있었다.

"히트 앤드 런인가 본데 이미 들통났다고."

조용히 경기를 지켜보던 매리너스 스캇 서바이브 감독이 비웃듯 중얼거렸다.

추가 득점을 낼 수 있는 절호의 기회에서 다저스 벤치가 타격 능력이 형편없는 박건호를 믿고 런 앤 히트를 걸지는 않았을 터. 그렇다면 결국 히트 앤드 런뿐이라고 확신했다.

박건호가 어떻게든 공을 맞힌다면 오스틴 번이 이를 악물고 2루로 내달리는 것, 그것 이외에는 작전이 없을 것 같았다.

문제는 그 작전이 일찌감치 노출이 됐다는 점이다.

"잘하면 투 아웃을 거저먹겠군."

스캇 서바이브 감독이 슬쩍 입가를 비틀어 올렸다.

그 순간.

촤라라랏!

펠리스 에르난데스가 투수판을 박차고 앞으로 나갔다.

그런데.

"좋았어!"

박건호가 갑자기 번트를 대려는 듯 자세를 낮췄다. 그 모습이 막 공을 던지려던 펠리스 에르난데스의 시야에 들어왔다.

'이런!'

펠리스 에르난데스는 순간적으로 타깃을 변경했다. 마이클 주니노의 요구보다 공 두 개 정도 바깥쪽을 보고 공을 던졌다.

후앗!

펠리스 에르난데스의 손끝을 빠져나간 공이 한복판을 지나 바깥쪽으로 흘러 나갔다. 박건호가 팔을 쭉 뻗지 않는 한 번트를 대지 못할 정도로 말이다.

그러자 이번에는 마이클 주니노가 당황하기 시작했다. 오스틴 번이 2루로 내달리면서 송구를 위해 자세까지 잡았는데 공이 포구 지점을 크게 벗어나 버린 것이다.

"젠장할!"

마이클 주니노가 팔을 쭉 뻗어 빠져나가려는 공을 받아냈다. 그리고 곧바로 2루를 향해 공을 내던졌다.

하지만 불안정한 자세로 던진 공은 2루수 키를 훌쩍 넘겨 중견수 앞까지 굴러가 버렸다.

"크으, 아깝다."

2루 베이스와 한 몸이 되어 꼼짝도 하지 않고 있는 오스틴 번을 바라보며 박건호가 아쉬움을 삼켰다.

마이클 리드였다면 단숨에 3루를 파고든 뒤 홈까지 노려볼 만한 상황이었는데 오스틴 번은 이제야 공이 뒤로 빠졌다는 사실을 파악하고 있었다.

하지만 그렇다고 해서 오스틴 번을 탓하고 싶은 마음은 없었다.

"하기야, 저 녀석도 도루 사인 보고 눈이 휘둥그레졌겠지. 나처럼 감독님하고 따로 이야기를 한 것도 아니니까 말이야."

주전 포수로서 안전감을 주기 위해 체중을 늘리면서 올 시즌 오스틴 번은 단 한 번도 2루 도루를 감행하지 않았다.

다저스 벤치에서도 오스틴 번에게 무리한 주루플레이를 요구하지 않았다. 굳이 오스틴 번이 뛰지 않더라도 다저스에는 발이 빠른 선수가 많이 있었다.

매리너스 벤치와 펠리스 에르난데스─마이클 주니노 배터리가 오스틴 번의 단독 도루를 전혀 예상하지 못한 것도 그 때문이었다.

만약에 단 한 번이라도 도루를 시도한 적이 있다면 변수로 포함시켰겠지만 오스틴 번의 도루 시도는 0, 도루 성공률도 0이었다. 데이터가 없는 것으로 나오다 보니 아예 그 가능성 자체를 배제해 버린 것이다.

덕분에 다저스는 무사 주자 2루의 추가 득점 기회를 만들어 냈다. 그리고 타석에는 박건호가 노 스트라이크 쓰리 볼이라는 유리한 볼카운트 속에서 방망이를 들어 올리고 있었다.

'킹, 이제 방법이 없어요.'

다저스 벤치의 작전에 한 방 먹은 마이클 주니노가 멍한 얼굴로 미트를 들어 올렸다.

바깥쪽 싱커.

볼카운트가 몰릴 대로 몰린 상황이라 더는 볼을 던질 여유가 없었다.

펠리스 에르난데스는 치미는 짜증을 참아내며 마이클 주니노의 미트에 공을 밀어 넣었다.

퍼엉!

4구째 91mile/h(≒146.5㎞/h)의 고속 싱커가 스트라이크존 바깥쪽을 타고 사라졌다.

퍼엉!

5구는 바깥쪽에 걸쳐 들어오는 체인지업. 아슬아슬한 코스였지만 구심이 한참 만에 오른팔을 들어 올렸다.

그렇게 노 스트라이크 쓰리 볼 상황이 풀카운트로 변했다.

'저 녀석, 일부러 투구 수를 늘리는 게 틀림없어.'

펠리스 에르난데스가 거칠게 로진백을 움켜쥐며 박건호를 노려봤다.

4구야 싱커였으니 놓칠 수 있다지만 5구째 던진 체인지업은 충분히 눈에 익은 공이었다. 타격 의지가 있다면 얼마든지 방망이를 내돌릴 수 있었다.

그런데도 박건호는 마치 불펜 투구를 구경이라도 하는 것처럼 한발 물러서서 공을 지켜봤다. 덕분에 오늘 경기 투구 수는 40구까지 늘어나 있었다.

'더 이상은 네 뜻대로 안 될 거다.'

펠리스 에르난데스가 공을 단단히 움켜쥐었다. 풀카운트까지 온 이상 박건호를 맞춰 잡는 건 의미가 없었다. 그보다는 단 하나의 공으로 완벽하게 아웃 카운트를 잡아내는 게 중요했다.

마이클 주니노도 펠리스 에르난데스의 속내를 읽었다. 그래서 몸 쪽을 파고드는 싱커 사인을 냈다.

'킹, 이 공으로 끝내자고요.'

사인을 확인한 펠리스 에르난데스가 고개를 끄덕였다. 그리고 마이클 주니노의 미트를 향해 이를 악물고 공을 내던졌다.

후앗!

펠리스 에르난데스의 손을 빠져나간 새하얀 공이 곧장 박건호의 몸 쪽을 파고들었다.

그 순간.

딱!

박건호가 자세를 낮추고 방망이를 들이밀었다.

방망이 윗부분에 걸린 타구가 살짝 떠올랐다. 하지만 마이클 주니노는 물론이고 펠리스 에르난데스도 공을 잡을 생각을 하지 못했다.

"크으으! 젠장할!"

뒤늦게 펠리스 에르난데스가 공을 손에 쥐었을 때는 이미 오스틴 번이 3루에 들어간 상황이었다.

펠리스 에르난데스는 신경질적으로 1루에 공을 던져 박건호를 아웃시켰다. 박건호도 다음 투구를 위해 굳이 1루에서 살겠다고 발악하지 않았다.

-건! 풀카운트 승부에서 번트를 성공시킵니다!

-정말 대담한 플레이인데요. 번트는 없을 거라고 생각했던 매리너스를 꼼짝 못하게 만들었습니다.

-그사이 2루 주자 오스틴 번이 3루까지 들어갔습니다.

-오스틴 번, 이번 이닝에서 월드시리즈에서 뛰어야 할 몫을 전부 뛰는 것 같습니다.

-건의 희생 번트가 성공하면서 1사 주자 3루가 됐습니다. 이제 작 피터슨의 차례인데요.

-작 피터슨이 펠리스 에르난데스에게 약하긴 하지만 글쎄

요. 이번 타석은 마음 편히 방망이를 휘두를 수 있을 것 같은데요?

　─오스틴 번을 홈으로 불러들이기 위해서는 제법 깊은 땅볼이나 큼지막한 플라이가 필요하겠지만 안타를 때려야 한다는 부담이 사라졌으니 작 피터슨도 한번 해볼 만할 것 같습니다.

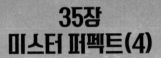

35장
미스터 퍼펙트(4)

ESPM 중계진의 예상대로 타석에 들어선 작 피터슨의 표정은 밝았다.

굳이 안타가 아니더라도 추가점을 올릴 방법은 많았다. 그리고 그 늘어난 방법만큼 매리너스 수비진은 많은 걸 대비할 수밖에 없었다.

'어렵게 생각하지 말자. 바깥쪽 코스는 버리고 몸 쪽 코스를 힘껏 잡아당기자.'

작 피터슨은 마음을 비웠다. 하지만 펠리스 에르난데스는 작 피터슨의 노림수를 훤히 꿰뚫어봤다.

'보나 마나 몸 쪽을 노리겠지.'

마이클 주니노도 초구와 2구, 연속해서 바깥쪽 공을 주문하며 작 피터슨의 머릿속을 복잡하게 만들었다.

초구 고속 싱커는 바깥쪽에 꽉 차게 들어가 스트라이크가 됐다. 그리고 2구째 거의 비슷한 코스로 날아간 체인지업은 마지막 순간에 뚝 떨어지며 볼 판정을 받았다.

원 스트라이크 원 볼.

"후우……."

마이클 주니노의 수신호를 확인한 펠리스 에르난데스가 길게 숨을 내쉬었다.

3구째 사인은 몸 쪽 고속 싱커.

3구 연속 바깥쪽 승부를 펼치는 건 위험하다고 생각한 모양이었다.

펠리스 에르난데스는 잠시 고심했다. 내심 바깥쪽으로 스트라이크를 집어넣으면 승부를 유리하게 끌고 갈 수 있을 것 같았다.

하지만 작 피터슨의 타격 위치를 확인한 펠리스 에르난데스는 이내 고개를 주억거렸다. 작 피터슨이 초구와 2구째보다 홈 플레이트 쪽으로 반 발자국 정도 들어와 있었기 때문이다.

'여차하면 바깥쪽을 하나 건드려 볼 생각인가 본데 어림없다.'

펠리스 에르난데스는 일단 3루 주자 오스틴 번을 견제했다. 홈 플레이트 쪽을 향해 조심스럽게 리드를 옮기던 오스틴 번이 움찔 놀라며 3루 베이스 쪽으로 두 걸음이나 되돌아갔다.

'무리해서 3유간으로 굴릴 필요 없어. 1, 2루 간으로만 굴려도 저 녀석은 못 뛰어.'

계산을 마친 펠리스 에르난데스가 작 피터슨의 몸 쪽을 향해 빠르게 공을 내던졌다.

후앗!

펠리스 에르난데스의 손끝을 빠져나간 공이 곧장 작 피터슨의 몸 쪽을 파고들었다.

'낮다. 분명 떨어질 거야.'

몸 쪽 공이 들어오기가 무섭게 반사적으로 방망이를 내돌리던 작 피터슨이 고민에 빠졌다. 공의 회전 상 포심 패스트볼이 아니라 싱커 같았다.

오늘 펠리스 에르난데스의 싱커는 낙폭이 컸다. 홈 플레이트 앞에서 거의 공 세 개 정도가 가라앉았다. 그래서 작 피터슨은 허리 높이 이하로 들어오는 공을 버리겠다고 마음을 먹은 상태였다.

하지만 이 공을 놓친다면 또다시 몸 쪽 공이 들어오지 않을 것 같았다.

'치자!'

작 피터슨이 이를 악물고 허리를 돌렸다. 그러면서 팔을 쭉 뻗었다. 마치 골프를 하듯 평소보다 더 크게 방망이를 휘두르며 싱커의 낙차를 잡아냈다.

따악!

묵직한 타격 소리와 함께 타구가 중견수 쪽으로 쭉 뻗어 나갔다. 그와 동시에 펠리스 에르난데스의 입에서 욕지거리가 터져 나왔다.

"젠장할!"

펠리스 에르난데스는 이를 악물며 포수 뒤쪽으로 뛰어갔다. 하지만 중견수 레오나르도 마틴의 송구가 홈으로 달려드는 오스틴 번을 잡아내는 기적 같은 건 일어나지 않았다.

─오스틴 번! 오스틴 번! 오스틴 버어어언! 홈을 밟습니다! 스코어 2 대 0. 다저스가 월드시리즈 우승 트로피를 향해 다시 한 걸음 앞서갑니다!

─작 피터슨이 몸 쪽 공을 잘 받아쳤는데요. 타격 자세가 무너졌지만 끝까지 집중력을 잃지 않았습니다.

─펠리스 에르난데스는 아쉬움이 가득한 얼굴입니다. 괜히 몸 쪽 승부를 걸었나 싶은 후회가 들 것 같은데요.

─작 피터슨을 상대로 3구 연속 바깥쪽 승부도 위험했을 테니까요. 게다가 좌익수 넬슨 크로스의 수비 능력도 부담이 됐을 겁니다.

─이제 매리너스가 월드 시리즈 7차전을 보기 위해서는 3점

을 뽑아야 하는데요.

　-글쎄요. 오늘 건의 컨디션으로 봤을 때 결코 쉬운 미션 같지는 않습니다.

　-그래도 끝까지 최선을 다해야겠죠.

　-그렇습니다. 오늘 경기를 지켜보고 있는 전 세계 야구팬들에게 마지막까지 최선을 다하는 모습을 보여줘야 합니다.

　ESPM 중계진은 벌써부터 다저스가 우승이라도 한 것처럼 굴었다. 덕분에 이닝이 종료된 이후 ESPM 방송사는 쏟아지는 매리너스 팬들의 항의 전화에 몸살을 앓아야 했다.

　그사이 펠리스 에르난데스는 2번 타자 마이클 리드를 4구째 유격수 땅볼로 유도하고 이닝을 마쳤다.

　3이닝 동안 사사구 없이 안타 2개. 삼진 2개.

　다른 때 같았으면 무실점으로 틀어막았을 성적이었지만 전광판의 점수는 2 대 0으로 다저스가 앞서 나가고 있었다.

　"후우……."

　무표정한 얼굴로 더그아웃에 들어오는 펠리스 에르난데스를 바라보며 스캇 서바이브 감독이 긴 한숨을 내쉬었다.

　"아무래도 길게 끌고 가긴 어려울 것 같습니다."

　투구 수를 체크하던 멜 스코틀마이어 투수 코치가 나직이 말했다.

3회까지 펠리스 에르난데스의 투구 수는 46구.

이닝당 평균 15.3구에 달했다.

"몇 회까지나 버티겠어?"

스캇 서바이브 감독이 멜 스코틀마이어 코치를 바라봤다. 그러자 멜 스코틀마이어 코치가 주변의 눈치를 보며 대답했다.

"제 생각은…… 6회가 한계일 것 같습니다."

"뭐? 6회?"

"그것도 더 이상 안타를 맞지 않았을 때의 이야기입니다. 만약 또다시 안타를 얻어맞는다면 5회도 장담하기 어렵습니다."

지금의 페이스대로 펠리스 에르난데스가 6회를 소화할 경우 예상 투구 수는 92구. 7회에 다시 마운드에 올리기에는 애매한 숫자였다.

펠리스 에르난데스는 100구도 가능하다고 말했지만 지고 있는 상황에서 지친 선발 투수를 무리하게 기용할 수는 없는 노릇이었다. 한 점이라도 따라간다면 불펜을 총동원해 막판 대역전을 기대하는 게 현명한 처사였다.

그렇다고 가뜩이나 지친 불펜을 일찍부터 끌어다 쓰는 것도 고민스러운 일이었다. 9회가 끝나기 전 타자들이 기적적으로 경기를 뒤집어준다면 더없이 좋겠지만 최악의 경우 연장전도 감안해야 했기 때문이다.

"건은? 저 녀석은 지금 몇 개나 던졌지?"

스캇 서바이브 감독의 고민스러운 시선이 마운드에 오른 박건호에게 향했다. 만약 박건호가 펠리스 에르난데스와 비슷한 시점에서 마운드를 내려간다면 승부수를 최대한 늦출 생각이었다.

하지만 박건호의 투구 수는 스캇 서바이브 감독이 생각하는 것보다 훨씬 적었다.

"3회까지…… 22구입니다."

"뭐? 몇 구?"

"22개밖에 던지지 않았습니다."

"허!"

스캇 서바이브 감독은 기가 차서 말이 나오지 않았다. 박건호가 3이닝을 퍼펙트로 틀어막았다곤 하지만 22구라니. 터무니없는 투구 수였다. 이 페이스대로라면 66구로 완투를 한다는 이야기였다.

물론 공 하나만 던져 타자를 전부 아웃시킨다면 27구로 완투를 하는 것도 가능했다. 하지만 그건 어디까지나 이론상의 수치일 뿐 실제 완투를 하려면 100구 전후의 공을 던져야 했다.

스캇 서바이브 감독은 내심 박건호가 80구를 넘기는 시점에서 승부를 걸어볼 생각이었다. 2차전에서 실패하긴 했지만 오타니 쇼헤를 비롯해 박건호를 자극할 만한 카드를 전부 쏟아붓는다면 역전은 어렵더라도 최소 동점의 발판까지는 만들어 볼 수 있을 것이라 여겼다.

하지만 그 계획마저도 박건호의 짠물 투구 수 앞에 물거품이 되고 말았다.

"저 녀석 투구 수를 늘려! 어떻게든 해보라고!"

스캇 서바이브 감독이 에드 마르티네즈 타격 코치를 향해 소리쳤다.

"아, 알겠습니다."

졸지에 불똥이 튄 에드 마르티네즈 코치가 도움을 구하듯 팀 보거트 벤치 코치를 힐끔거렸다.

그러나 팀 보거트 코치는 가볍게 고개를 흔들며 조언을 거부했다. 스캇 서바이브 감독에게 찍힌 상황에서 자신이 나섰다간 오늘 경기가 더 어려워질 수도 있다고 판단했다.

"젠장. 나더러 뭘 어쩌라는 거야?"

잠시 고심하던 에드 마르티네즈 코치가 뻔한 작전을 내놓았다.

투 스트라이크 이전까지는 타격 금지.

타자들이 하나같이 불만을 늘어놓았지만 스캇 서바이브 감독의 지시대로 박건호의 투구 수를 조금이나마 늘리기 위해서는 이 방법밖에 없을 것 같았다.

1번 타자 레오나르도 마틴이 또다시 3구 삼진으로 물러난 가운데 2번 타자 기에르모 에레라는 이를 악물고 타석에 들어섰다. 그리고 초구와 2구 유인구성 포심 패스트볼을 전부 참아내며 볼카운트를 유리하게 끌고 갔다.

"뭐야? 칠 생각이 없는 거 같은데?"

오스틴 번은 3구째 몸 쪽 포심 패스트볼을 유도해 첫 번째 스트라이크를 잡아냈다. 뒤이어 4구째 바깥 쪽 커브를 던져 두 번째 스트라이크 램프에 불을 밝혔다.

"후우……."

투 스트라이크 투 볼로 바뀐 전광판 램프를 바라보며 기에르모 에레라가 고개를 주억거렸다. 그리고 방망이를 단단히 움켜 들었다.

볼카운트상 박건호가 볼을 던질 것 같진 않았다. 쓸데없이 투구 수를 낭비했다고 생각할 테니 십중팔구 몸 쪽 포심 패스트볼을 찔러 넣을 것 같았다.

그런 기에르모 에레라의 예상은 정확하게 맞아떨어졌다.

후앗!

박건호가 내던진 공이 곧장 기에르모 에라라의 몸 쪽을 파고든 것이다.

하지만 계산과 맞는 부분은 거기까지였다. 공이 충분히 눈에 익었으니 어떻게든 걷어낼 수 있을 거라는 예상은 크나큰

착각으로 끝나 버렸다.

방망이가 홈 플레이트에 도착하기도 전에.

퍼엉!

묵직한 포구 소리가 경기장에 울려 퍼졌다.

"크으으."

기에르모 에레라는 입술을 깨물며 더그아웃으로 몸을 돌렸다. 그러자 스캇 서바이브 감독이 잘했다며 다시 한번 손뼉을 두드렸다.

"지금까지 몇 개지?"

"다 해서 30구입니다. 이번 이닝에만 8개를 던졌습니다."

"로빈슨 카누가 조금만 더 끌어준다면…… 충분히 가능하겠어."

스캇 서바이브 감독은 고개를 들어 전광판을 바라봤다. 이제 겨우 4회 초가 진행되는 상황이었지만 스캇 서바이브 감독의 머릿속은 박건호의 투구 수가 80구를 넘길지도 모르는 7회에 가 있었다.

만약 이대로 박건호가 퍼펙트 피칭을 이어간다면 7회는 1번 타자 레오나르도 마틴부터 시작한다. 중간에 한두 명이라도 출루를 해준다면 7회에 무조건 넬슨 크로스까지 타석이 이어지게 된다.

오늘 경기에서 스캇 서바이브 감독이 유일하게 믿는 타자는 넬슨 크로스뿐이었다. 박건호의 공을 때려내기 위해 밤늦게까지 강속구 적응 훈련을 해온 넬슨 크로스가 루상에 주자가 있는 가운데 80구를 넘기고 지친 박건호를 만난다면 어떻게든 경기를 뒤집을 수도 있을 것 같았다.

"로빈슨! 서두르지 마! 알았지?"

스캇 서바이브 감독이 타석에 들어선 로빈슨 카누에게 크게 소리쳤다. 로빈슨 카누는 걱정하지 말라며 스캇 서바이브 감독을 향해 씩 웃어 보였다.

"또 저 아저씨군."

로빈슨 카누의 등장에 박건호가 미간을 찌푸렸다. 타석에 들어서기도 전부터 실실 웃어대는 게 앞선 타석 때처럼 쓸데없이 시간을 끌어댈 것만 같았다.

아니나 다를까.

"잠깐만요."

로빈슨 카누가 갑자기 타임을 부르고 타석을 벗어났다. 그러고는 스파이크 끈을 다시 동여매기 시작했다.

"로빈슨! 적당히 해."

"좀 봐줘요. 이대로 타격을 하면 부상당할지도 모른다고요."

구심은 질렸다는 얼굴로 고개를 흔들어 댔다. 내키진 않았지만 부상을 이유로 드는데 로빈슨 카누의 요구를 받아들이지 않을 수가 없었다.

그렇게 양쪽 스파이크 끈을 다시 고쳐 맨 뒤 로빈슨 카누가 다시 루틴 동작에 들어갔다. 그 지루한 루틴 동작이 모두 끝나기를 기다리고 나서야 박건호는 오스틴 번과 사인을 주고받을 수 있었다.

'건, 이 자식 확 맞혀 버릴까?'

오스틴 번이 장난스럽게 위협구 사인을 냈다. 하지만 박건호는 고개를 저었다. 저런 장난질에 반응하는 것이야말로 로빈슨 카누와 매리너스 벤치가 가장 원하는 일이었다.

'신경 쓰지 마, 오스틴. 어차피 저 아저씨는 내 공을 때리지 못한다고.'

'좋아. 그렇다면……!'

오스틴 번은 다시 로빈슨 카누의 몸 쪽으로 미트를 들어 올렸다.

구종은 포심 패스트볼.

사인을 확인한 박건호가 슬쩍 입가를 비틀어 올렸다.

'뭐지? 저 녀석, 대체 뭘 던지려고 저러는 거지?'

순간 로빈슨 카누의 얼굴에 불안함이 번졌다. 여차하면 몸에 맞고 나가겠다는 각오를 하긴 했지만 정말로 빈볼이 날아들지도 모른다고 생각하니 등골이 오싹해졌다.

"잠깐! 잠깐만요!"

박건호가 투구 동작에 들어가기가 무섭게 로빈슨 카누가 다시 왼손을 뻗어 들었다. 하지만 구심은 눈 하나 까딱하지 않았다.

그사이 박건호의 손끝을 총알처럼 빠져나온 공이 그대로 오스틴 번의 미트를 흔들어 놓았다.

퍼엉!

묵직한 포구 소리가 경기장에 울렸다. 뒤이어 ESPM 중계석에서 비명이 터져 나왔다.

−건! 106mile/h(≒170.6㎞/h)입니다! 로빈슨 카누를 상대로 다시 한번 자신의 최고 구속을 기록합니다!

−허허, 이거 정말 빠르네요. 눈 깜짝할 사이에 공이 지나가 버린 느낌입니다.

−그런데도 공이 몸 쪽 꽉 차게 들어왔습니다. 저 말도 안 되는 공을 건이 완벽하게 컨트롤해 냈는데요.

−로빈슨 카누, 건을 흔들려고 다시 한번 타임을 요청했습니다만 이번에는 받아들여지지 않았습니다.

−멍한 표정을 보아하니 아마 지금 무슨 일이 벌어졌는지조차 제대로 인지하지 못하는 것 같은데요.

−아니, 그건 아닐 겁니다. 그저 놀랐겠죠. 자신이 이토록 자극하는데도 불구하고 106mile/h짜리 몸 쪽 포심 패스트볼

을 던질 수 있는 건의 커맨드에 말입니다.

 －사이영 상 투표는 이미 끝이 났겠지만 여러 사이영 상 후보들을 놓고 고민하는 기자들이 이 공을 봤다면 어땠을까요?

 －아마 군말 없이 전부 건에게 투표했을 겁니다. 이건 올 시즌 건이 던진 최고의 포심 패스트볼이니까요.

 ESPM 중계진은 이보다 더 완벽한 포심 패스트볼은 없을 거라며 몇 번이고 감탄을 늘어놓았다. 하지만 그 의견은 채 20초도 되지 않아 번복이 되었다.

 퍼엉!

 박건호가 이를 악물고 내던진 포심 패스트볼이 또다시 몸쪽 낮은 코스로 꽂혀 들었다. 거의 위에서 찍어 내리듯 던진 공에 로빈슨 카누는 방망이를 내돌릴 생각조차 못 하고 얼이 빠져 버렸다.

 －와우.

 －이걸…… 뭐라고 설명해야 할까요?

 －건의 포심 패스트볼이 로빈슨 카누의 무릎 앞을 꿰뚫었습니다. 그 어떤 타자도 칠 수 없을 것 같은 저 말도 안 되는 코스에 공을 꽂아 넣었는데…… 전광판에 105mile/h(≒169.0km/h)이 찍혔네요.

-가끔 건의 왼팔에 기계 장치가 장착되어 있다는 우스갯소리를 들을 때마다 웃고 말았는데…… 왠지 그럴지도 모르겠다는 의심이 생겨 버렸습니다.

-만약 건이 정말로 왼팔에 뭔가를 이식했다면 메디컬 테스트를 통과하지 못했겠죠. 어쨌든 대단합니다. 조금 전 건의 최고의 포심 패스트볼을 봤다고 이야기했는데 정정해야겠습니다.

-네, 구속은 1mile/h 낮았지만 저 공은 그야말로 완벽했습니다. 2억 4천만 달러의 사나이를 하얗게 질리게 만들었으니까요.

ESPM 중계진의 말을 듣고 있던 중계 카메라가 짓궂게 로빈슨 카누의 얼굴을 클로즈업했다. 해설자의 말처럼 로빈슨 카누는 반쯤 넋이 나간 채로 전광판을 바라보고 있었다.

전광판 구석에는 105라는 숫자가 선명하게 박혀 있었다.

'이걸…… 어떻게 치란 말이야?'

로빈슨 카누가 고개를 흔들었다. 지금껏 100mile/h을 넘나드는 공을 수없이 겪어왔지만 박건호처럼 말도 안 되는 포심 패스트볼을 던지는 투수는 처음이었다.

그런 줄도 모르고 매리너스 벤치에서는 이제 제대로 타격을 하라는 사인이 나왔다. 로빈슨 카누가 계획대로 초구와 2

구를 그냥 흘려보냈다고 착각을 한 것이다.

'젠장. 나도 치고 싶다고!'

로빈슨 카누가 입술을 깨물며 타석에 들어섰다.

시간을 끌며 자극해 봐도 105mile/h이 넘는 포심 패스트볼이 몸 쪽 낮게 깔려 들어오니 더는 박건호를 흔들 의욕조차 없었다.

'설마 3구 연속 몸쪽 공을 던지지는 않겠지.'

잠시 고심하던 로빈슨 카누는 바깥쪽으로 시선을 두었다. 좌투수인 박건호의 특성상 좌타자의 몸 쪽보다 바깥쪽으로 날아드는 공의 비행시간이 더 길었다. 당연히 체감 구속도 떨어질 터. 잘만 하면 공 하나 정도는 걸어낼 수 있을 것이라고 기대했다.

그러나 오스틴 번의 사인을 받기가 무섭게 투수판을 박차고 나온 박건호의 공은 또다시 몸 쪽을 파고들었다.

"젠자아아앙!"

로빈슨 카누가 이를 악물며 방망이를 움직였다. 어떻게든 공을 맞혀내기 위해 평소보다 빠르게 허리를 돌리며 100mile/h을 훌쩍 뛰어넘는 포심 패스트볼의 구속에 대응했다. 하지만 공은 로빈슨 카누의 스윙보다 한참 먼저 홈 플레이트 위를 스쳐 지나가 버렸다.

퍼엉!

흡사 대포알 같은 포구 소리가 경기장에 울려 퍼졌다.

"스트라이크, 아웃!"

구심의 콜 소리가 곧바로 터져 나온 관중들의 함성에 묻혀 사라졌다.

"젠장할."

스캇 서바이브 감독이 욕지거리를 내뱉었다.

1회에 이어 또다시 세 타자 연속 삼진으로 이닝이 끝났다. 게다가 믿었던 로빈슨 카누가 3구 삼진으로 물러나면서 박건호의 투구 수를 늘리겠다는 계획도 실패로 끝났다.

"지금까지 몇 개야?"

"이번 이닝에 11개를 던져서 33구입니다."

"젠장! 6회까지 80구를 만들려면 몇 개를 더 던져야 하는 거지?"

"47구입니다. 그리고…… 한 타자당 공을 4개씩 본다고 해도 최소 12명의 타자가 필요합니다."

멜 스코틀마이어 투수 코치가 시키지도 않은 계산을 늘어 놓았다. 자연스럽게 스캇 서바이브 감독의 얼굴이 와락 일그 러졌다.

4회까지 투구 수는 33구. 산술적으로만 계산하면 8회가 끝 났을 때 박건호의 투구 수는 66구다. 박건호가 완투를 한다고 해도 80구를 넘길 가능성은 낮았다. 설사 박건호가 9회에 흔들린다 하더라도 다저스가 투수를 바꾸면 그만이니 경기를 뒤집기란 쉽지 않았다.

멜 스코틀마이어 코치의 계산을 적용해도 암담하긴 마찬가지였다.

한 타순이 돌았으니 타자들이 박건호의 공에 어느 정도 익숙해졌을 거라 기대하고 그 결과 타자마다 공 하나 정도 더 지켜본다고 해도 80구에 도달하기 위해서는 12명의 타자가 필요하다. 12명이 전부 아웃된다면 결국 박건호가 80구를 넘어서는 시점은 9회다. 다저스가 얼마든지 불펜을 가동할 수 있는 시점이었다.

당초 계획대로 7회에 승부를 보려면 5회와 6회, 각기 6명의 타자들이 타석에 들어서서 공 4개 정도를 봐 줘야 했다. 하지만 그렇게 될 경우 7회 타순은 7번부터 시작된다. 루상에 주자를 내보낸 상태에서 중심 타자들에게 기대를 걸겠다는 계획 자체가 틀어질 수밖에 없었다.

"이렇게 된 이상 펠리스가 최대한 버텨주는 수밖에 없어."

스캇 서바이브 감독의 시선이 마운드에 오르는 펠리스 에르난데스에게 향했다. 박건호의 투구 수 늘리기 작전이 신통찮은 상황에서 기대할 수 있는 거라고는 에이스인 펠리스 에르난데스의 눈부신 호투밖에 없었다.

다행히도 박건호의 호투에 자극을 받은 펠리스 에르난데스는 4회부터 킹 펠리스다운 모습으로 돌아왔다.

4회 말 코일 시거-에이든 곤잘레스-안승혁으로 이어지는 좌타 중심 타선을 전부 플라이로 잡아낸 데 이어 5회 말에는 6번 타자 저스트 터너를 유격수 땅볼로 유도한 뒤 7번 타자 엔리 에르난데스와 8번 타자 오스틴 번을 연속 삼진으로 돌려세우며 이닝을 끝마쳤다.

박건호도 6회 말 선두 타자로 나와 펠리스 에르난데스에게 삼진을 당했다. 첫 타석에서처럼 펠리스 에르난데스를 괴롭혀보려 했지만 구석구석을 찌르는 고속 싱커 앞에 쓴웃음을 짓고 말았다.

2번 타자 마이클 리드에게 사사구를 허용하며 3이닝 연속 삼자범퇴는 실패로 돌아갔지만 펠리스 에르난데스는 6회까지 안타 두 개, 사사구 하나만 내주며 2실점으로 호투했다.

4회부터 체인지업 비율을 대폭 늘리면서 투구 수도 81구에 불과했다. 덕분에 6회도 힘들 거라며 걱정하던 매리너스 벤치도 한숨 돌릴 수 있게 됐다.

그러나 펠리스 에르난데스의 고군분투에도 불구하고 경기 분위기는 전혀 달라지지 않았다.

전광판의 스코어는 여전히 2 대 0.

7회 초 매리너스의 공격을 앞둔 상황에서 상대 실책으로나마 1루를 밟은 선수는 단 한 명도 없었다.

-오늘 경기 초반에 이런 이야기를 했죠. 건의 컨디션으로 봤을 때 2차전이 재현될지도 모르겠다고 말이에요.

-물론 그때는 반쯤 농담이었습니다. 건은 더 이상 설명이 필요 없을 만큼 최고의 투수 중 한 명이지만 대기록을 연달아 쓰는 건 불가능에 가까운 일이니까요.

-그런데 그 불가능한 일이…… 점점 현실이 되어가는 것 같습니다.

-여기까지만 하죠. 벌써부터 매리너스 팬들을 숨 막히게 하지 말자고요.

-아직 매리너스의 공격은 세 번 남아 있습니다. 그 세 번의 공격 기회 때 무슨 일이 벌어질지는 그 누구도 장담하지 못할 겁니다.

-물론 그 무슨 일 속에는 다저스 팬들이 바라는 대기록도 포함되어 있을 겁니다. 하지만 아직은 속단하기 이릅니다. 이제 매리너스 타순도 세 바퀴째에 접어들었으니까요.

-한 가지 고무적인 건 건의 투구 수입니다. 2차전 때도 놀라울 만큼 효율적인 피칭을 펼쳤는데요. 오늘 경기에서도 6회까지 단 52구밖에 던지지 않았습니다.

-경기 초반에 비해서는 투구 수가 늘어난 편이긴 합니다. 3회까지 투구 수가 22구였으니 4회부터 이닝 당 10개의 공을

던진 셈이네요.

　-대신 탈삼진이 하나 늘었습니다. 3회까지 3이닝 동안 6개
의 탈삼진을 잡았는데 4회부터 6회까지 3이닝 동안 추가로 7
개의 탈삼진을 빼앗아 냈습니다.

　-6회까지 탈삼진이 13개입니다. 그리고 메이저리그 역사
상 9이닝 최다 탈삼진 기록은 20개입니다.

　-벌써부터 대기록을 운운하는 게 너무 성급하다고 생각하
시는 분들도 없지 않을 것 같습니다. 하지만 마운드 위에 서
있는 투수를 보세요. 건입니다. 올 시즌 내셔널 리그 사이영
상이 가장 유력한 투수입니다.

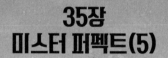

**35장
미스터 퍼펙트(5)**

카메라가 다시 마운드를 비췄다. 때마침 연습 투구를 마친 박건호는 마운드 뒤편으로 내려가 로진백을 주물렀다.

"후우……!"

손에 묻은 로진 가루를 불어내며 박건호가 습관처럼 3루 쪽 더그아웃을 바라봤다. 그러다 3루 베이스 쪽에 서 있던 저스트 터너와 눈이 마주쳤다.

"건, 오늘은 걱정 마. 지난번처럼 실수하는 일 따위는 없을 테니까."

저스트 터너가 씩 웃으며 말했다. 지난 월드시리즈 2차전에서 평범한 실수로 박건호의 퍼펙트게임을 날려 버렸던 걸 아직 잊지 못한 모양이었다.

"정말이죠?"

"그럼!"

"그럼 앞으로 모든 타구는 전부 터너한테 보낼 거예요. 괜찮죠?"

박건호가 장난스럽게 물었다. 그러자 저스트 터너가 글러브를 주먹으로 팡팡 두드렸다.

"상관없어. 전부 잡아낼 테니까."

의욕이 가득한 건 저스트 터너만이 아니었다. 평소 틈만 나면 시답잖은 농담을 주고받던 유격수 코일 시거와 2루수 엔리 에르난데스도 얼굴에 웃음기를 없애고 경기에 집중하고 있었다.

수비하기 귀찮다며 내셔널 리그도 지명 타자 제도를 도입해야 한다고 툴툴대던 1루수 에이든 곤잘레스도 마찬가지였다. 발을 움직여 1루 베이스 근처의 돌덩이들을 부지런히 골라내며 만에 하나 있을지 모를 변수에 대비했다.

박건호는 고개를 돌려 외야를 바라봤다. 수비 범위가 좁은 편인 좌익수 안승혁은 평소보다 라인 선상 쪽으로 이동해 있었다. 그리고 안승혁의 수비 구역을 중견수 작 피터슨과 우익수 마이클 리드가 조금씩 왼쪽으로 자리를 옮겨 커버하고 있었다.

상대적으로 좌익수 쪽보다는 우익수 쪽에 빈 곳이 많아 보였다. 하지만 박건호는 조금도 걱정하지 않았다.

"마이클이 어련히 알아서 잘할까."

야수들의 눈빛을 확인한 박건호가 씩 웃으며 마운드에 올랐다. 타석에는 1번 타자 레오나르도 마틴이 방망이를 든 채로 박건호를 노려보고 있었다.

첫 타석 3구 삼진.

두 번째 타석도 3구 삼진.

올 시즌 리드오프로서 각성했다는 평을 듣고 있던 레오나르도 마틴에게는 결코 받아들이기 어려운 성적표였다.

'아직 경기 끝난 거 아니야, 이 애송아.'

앞선 타석 때보다 짧게 방망이를 잡았던 레오나르도 마틴은 박건호가 초구를 내던지기가 무섭게 기습 번트를 감행했다. 앞선 타석 때처럼 박건호가 몸 쪽으로 포심 패스트볼을 던질 것이라고 판단한 것이다.

그러나 정작 박건호의 공은 느린 포물선을 그리며 바깥쪽으로 날아갔다.

커브.

레오나르도 마틴이 기습 번트를 시도할 거라 예상한 오스틴 번의 작품이었다.

"우우우!"

"뭐야? 또 번트야?"

"집어치워! 이게 무슨 월드시리즈야!"

"시애틀로 꺼져 버려! 너희들은 자격이 없다고!"

번개처럼 몸을 낮춘 레오나르도 마틴이 아무것도 하지 못하고 타석 밖으로 물러나자 다저스 팬들이 기다렸다는 듯이 야유를 쏟아냈다.

—하하. 또 번트네요.

—월드시리즈 6차전이고 오늘 경기를 패배하면 내일이 없다고 감안했을 때 레오나르도 마틴의 심정이 어느 정도 이해는 갑니다. 하지만 글쎄요. 번트를 대기 전에 건을 공략하기 위해 얼마만큼 최선을 다했는지부터 되짚어 보아야 할 것 같습니다.

—야구 규칙에 규정된 건 아니지만 대기록을 작성 중인 투수를 상대로 번트를 대는 건 용납받기 힘든 일인데요.

—특히나 경기 후반의 기습 번트는 대기록을 깨뜨리겠다는 의도가 충분하니까요. 만약 번트 작전이 성공했다면 아마 상황은 달라졌겠지만 시도조차 하지 못하고 실패한 이상 모든 책임과 비난은 레오나르도 마틴이 짊어져야 할 것 같습니다.

ESPM 중계진도 쓴소리를 아끼지 않았다. 어쩌면 역사에 길이 남을지도 모를 명경기를 치졸한 플레이로 망치려 들었으니 좋은 평이 나오지 않았다.

그러나 정작 레오나르도 마틴은 억울함이 가득한 얼굴이었다. 번트는 실패했고 스트라이크까지 먹었는데 관중들의 비난이 좀처럼 잦아들지 않았기 때문이다.

보다 못한 박건호가 관중석을 향해 손가락을 들어 올렸다. 그러자 다저스 팬들이 기다렸다는 듯이 입을 다물었다.

"젠장할!"

다시 타석으로 돌아온 레오나르도 마틴이 질근 입술을 깨물었다. 자신을 악당으로 만들어 놓고 팬들을 진정시키는 박건호의 모습이 가증스럽게 느껴졌다.

'두고 보자!'

레오나르도 마틴은 다시 방망이를 짧게 들었다. 그리고 박건호의 손끝을 빠져나온 공이 빠르게 몸 쪽으로 달라붙자 망설이지 않고 재차 번트를 시도했다.

하지만 이번에도 그라운드 안으로 타구를 굴리는 데는 실패했다. 포심 패스트볼처럼 날아들던 공이 마지막 순간에 뚝 하고 가라앉아버린 것이다.

포심 체인지업.

"빌어먹을!"

레오나르도 마틴이 욕지거리를 내뱉었다. 그와 동시에 두 번째 스트라이크 램프에 불이 들어왔다.

"어디 자신 있으면 쓰리 번트에 도전해 보라고."

혼자서 열을 내는 레오나르도 마틴을 바라보며 박건호가 슬쩍 입가를 비틀어 올렸다.

6회 말이 끝나고 매리너스 타자들이 포심 패스트볼 하나만 노리고 덤벼들 거라 예상해서인지 거듭된 기습 번트가 특별히 위협적으로 느껴지지 않았다.

"자, 끝내자. 건."

오스틴 번도 아무 일도 없었다는 것처럼 손가락을 움직였다.

코스는 바깥쪽. 구종은 커터.

좌타자 입장에서는 바깥쪽으로 완전히 도망쳐 버리는 공이었다.

"에이, 설마 이게 먹힐까?"

박건호는 반신반의하는 마음으로 고개를 주억거렸다. 레오나르도 마틴이 아무리 궁지에 몰려 있다 해도 바깥쪽으로 빠져나가는 커터에 반응하지는 않을 것 같았다.

하지만 박건호가 투수판을 박차고 마운드 앞으로 달려 나오자 레오나르도 마틴은 기다렸다는 듯이 방망이를 내돌렸다.

그러고는.

후웅!

시원하게 허공을 갈라 버렸다.

"스트라이크, 아웃!"

구심의 삼진 콜이 요란스럽게 울렸다. 동시에 관중석에서 웃음 섞인 함성이 터져 나왔다.

"크아아아!"

3연 타석 3구 삼진에 자존심이 상했던지 레오나르도 마틴이 그 자리에서 방망이로 땅을 내리찍었다. 그 모습을 지켜보던 스캇 서바이브 감독이 답이 없다며 고개를 흔들어 댔다.

이제 경기 후반이었다. 이번 이닝에서 뭔가 반전의 계기를 만들지 못한다면 이대로 완패를 당할 가능성이 높았다.

하지만 좀처럼 되는 일이 없었다. 박건호의 투구 수조차 늘리지 못한 상황에서 7회에 기적이 일어날 거라 바라는 것 자체가 난센스였다.

"제길! 팀! 언제까지 그러고 있을 거야? 이대로 다저스에게 월드시리즈를 내줘도 상관없다 이거야?"

속이 끓다 못해 뻥 하고 터져 버린 스캇 서바이브 감독의 시선이 뒤로 물러나 있던 팀 보거트 벤치 코치에게 향했다. 월드 시리즈 패배가 가까워지니까 벤치 코치로서 제 역할을 다하지 않은 팀 보거트 코치가 얄미워졌다.

하지만 제아무리 팀 보거트 코치라 해도 이 상황을 뒤집을 만한 묘안은 없었다.

"아무래도 건의 투구 패턴이 변한 것 같습니다. 포심 패스트볼보다는 차라리 변화구를 노리는 게 나을 것 같습니다."

팀 보거트 코치가 그나마 실현 가능한 방법을 내뱉었다. 레오나르도 마틴 때문에 갑작스럽게 볼 배합이 달라진 것인지는 모르겠지만 포심 패스트볼 위주로 투구하던 앞선 이닝과는 분명한 차이가 있었다.

그 예상은 2번 타자 기에르모 에레라가 3구 삼진을 당하면서 확실해졌다. 초구 104mile/h($\fallingdotseq$167.3㎞/h)짜리 포심 패스트볼에 이어 커브와 체인지업이 순서대로 날아들었다. 이건 앞서 6회까지는 볼 수 없었던 패턴이었다.

그러나 스캇 서바이브 감독은 팀 보거트 코치의 말을 귀담아듣지 않았다.

팀 보거트 코치도 타석에 들어서는 로빈슨 카누를 바라보고는 이내 입을 다물어버렸다.

제아무리 코칭 스태프라 하더라도 중심 타자를 상대로 삼진을 먹을 각오를 하고 변화구만 노리라는 주문을 하기란 쉽지 않은 일이었다. 설사 그런 작전을 내린다 해도 매리너스 중심 타자들 중 군말 없이 순순히 따라줄 선수는 아무도 없었다.

따악!

로빈슨 카누는 초구 포심 패스트볼을 지켜본 뒤 2구째 들어온 커브를 힘껏 잡아당겨 파울 타구를 만들었다. 팀 보거트 코치의 조언을 듣지 않고도 박건호의 변화구 구사율이 높아졌다는 걸 알아챈 것이다.

하지만 박건호가 변화구 비율을 높인 이유는 힘에 부쳐서가 아니었다. 매리너스 선수들에게 볼 배합이 읽혀서도 아니었다.

'자, 자신 있으면 한번 쳐 보라고. 어때? 근질근질하지?'

박건호는 3구째 바깥쪽을 벗어나는 슬라이더를 던져 로빈슨 카누를 유혹했다.

포심 패스트볼 타이밍에 방망이를 내밀던 로빈슨 카누는 마지막 순간에 가까스로 스윙을 멈춰 세우며 3구 삼진의 위기를 넘겼다.

하지만 4구째 거의 한복판으로 날아든 105mile/h(≒169.0㎞/h)의 포심 패스트볼에 꼼짝없이 당하고 말았다. 변화구에 눈이 익다 보니 감히 포심 패스트볼의 움직임을 쫓아가지 못한 것이다.

—건! 로빈슨 카누를 또다시 삼진으로 잡아내며 7회 초를 끝냅니다.

—벌써 삼진이 16개째인데요. 한 경기 최다 탈삼진 타이기록까지 이제 겨우 4개밖에 남지 않았습니다.

ESPM 중계진은 애써 흥분을 가라앉혔다. 7타자 연속 탈삼진에 누적 탈삼진 16개. 이 정도면 들뜨는 게 당연했지만 그보다 큰 대기록을 위해 자신들의 감정을 억누르고 또 억눌렀다.

그사이 매리너스 벤치는 투수 교체 문제로 소란스러워졌다.

"더 이상은 위험합니다. 여기서 바꿔야 합니다!"

다시 전면에 나선 팀 보거트 벤치 코치는 투수 교체를 주장했다. 펠리스 에르난데스의 투구 수에 아직 여유가 있다곤 하지만 그래 봐야 10구 정도였다.

불펜 투수들도 충분히 몸을 푼만큼 불펜진을 총동원해 다저스의 추가 득점을 봉쇄해야 한다고 판단했다.

"제 생각도 같습니다. 에이든 곤잘레스와 안, 그리고 저스트 터너를 상대해야 합니다. 펠리스 에르난데스보다는 찰리 퍼시를 올리는 게 나을 것 같습니다."

멜 스코틀마이어 투수 코치도 팀 보거트 코치의 의견에 동조했다. 가뜩이나 구속이 떨어진 상황에서 힘이 좋은 다저스 좌타자들을 상대하게 할 필요는 없다는 것이었다.

하지만 스캇 서바이브 감독은 이번에도 고집을 부렸다.

"아니야. 이번 이닝까지는 펠리스에게 맡기는 게 좋겠어."

"스캇!"

"펠리스는 에이스라고. 고작 두 점 내줬다고 무조건 강판시키는 건 옳지 못해."

"그건 시즌 때의 이야기죠. 지금 우리는 월드시리즈를 치르는 중이라고요!"

"그게 뭐 어때서? 그리고 누구? 찰리 퍼시? 허, 찰리 퍼시가 에이든 곤잘레스와 안을 막아줄 거라고 누가 확신할 수 있지? 멜, 만약 찰리 퍼시가 두들겨 맞는다면 그땐 어떻게 할 거야? 멜이 책임질 거야?"

"가, 감독님!"

"그러니까 잔말 말고 내 말 들어. 이번 이닝까지만이야. 7회가 끝나면 곧바로 투수를 바꿀 거라고."

스캇 서바이브 감독은 다저스 중심 타선을 잡아낼 만한 투수가 없다는 핑계를 들어 펠리스 에르난데스를 다시 마운드에 올렸다. 팀 보거트 코치가 마지막까지 반대를 해봤지만 스캇 서바이브 감독의 뜻을 꺾지 못했다.

7회에도 마운드에 올라온 펠리스 에르난데스는 4번 타자 에이든 곤잘레스를 풀카운트 접전 끝에 삼진으로 돌려세우며 스캇 서바이브 감독을 웃음 짓게 만들었다.

하지만 그 미소는 오래가지 못했다.

따악!

원 스트라이크 원 볼 상황에서 5번 타자 안승혁을 상대로 내던진 몸 쪽 싱커가 제대로 떨어지지 않으면서 좌중간 펜스를 직격하는 2루타를 허용한 것이다.

"더는 안 됩니다. 바꿔야 합니다!"

"호들갑 떨지 마! 홈런을 맞은 것도 아니잖아!"

"이제 한계 투구 수입니다. 더 이상은 위험합니다!"

팀 보거트 코치가 다시 한번 스캇 서바이브 감독을 만류했다.

에이든 곤잘레스에게 6개, 안승혁에게 3개의 공을 던지면서 펠리스 에르난데스의 투구 수는 정확하게 90구에 도달해 있었다. 시즌 평균 투구 수와 사흘 휴식 후 등판이라는 점을 감안했을 때 한시라도 빨리 바꿔주는 게 옳았다.

그러나 스캇 서바이브 감독은 다저스의 하위 타선을 얕잡아 봤다. 저스트 터너─엔리 에르난데스─오스틴 번으로 이어지는 타순에서 적시타가 나올 가능성은 없다고 단정했다.

"저스트 터너만 잡으면 돼."

스캇 서바이브 감독이 뚫어져라 타석을 바라봤다. 다저스 하위 타순 중 그나마 한 방 능력을 갖춘 저스트 터너만 잘 넘긴다면 이번 이닝도 별문제 없이 넘어갈 것 같았다.

"후우……."

추가 실점의 위기 상황에서 펠리스 에르난데스는 길게 숨을 골랐다. 그리고 오늘 경기에서 별로 던지지 않았던 바깥쪽 슬라이더로 저스트 터너를 2루 땅볼로 유도해 내는 데 성공했다.

"좋았어."

1루에서 아웃되는 저스트 터너를 바라보며 펠리스 에르난데스가 가볍게 주먹을 움켜쥐었다. 안승혁이 3루까지 들어갔지만 신경 쓰지 않았다. 이제 7번 타자 엔리 에르난데스만 잡아내면 에이스로서 최소한의 자존심은 지킬 수 있다고 여겼다.

스캇 서바이브 감독도 길게 숨을 몰아쉬었다. 그리고는 함께 안도하는 팀 보거트 벤치 코치를 무시한 채 옆쪽에 서 있던 에드 마르티네즈 타격 코치를 바라봤다.

"이봐, 에드. 어때? 다저스에서 대타를 쓸 거 같아?"

"그, 글쎄요. 엔리 에르난데스의 타격이 신통치 않긴 하지만…… 워낙에 수비 능력이 좋으니 힘들지 않을까요?"

"그래? 확실한 거야?"

"제 생각에는…… 그럴 것 같습니다."

에드 마르티네즈 코치는 굳이 박건호가 퍼펙트 피칭을 이어가고 있다는 말은 하지 않았다. 만약 그 사실을 인지했다면 스캇 서바이브 감독이 이런 질문을 할 리 없다고 여겼다.

"좋아, 좋아. 킹. 하나만 더 잡아내자고!"

스캇 서바이브 감독이 다시 그라운드 쪽으로 눈을 돌렸다. 펠리스 에르난데스가 이번 이닝을 무실점으로 틀어막아 준다면 분위기상 매리너스에게도 한 차례 기회가 찾아올 것 같앉다.

펠리스 에르난데스도 스캇 서바이브 감독과 비슷한 생각을 했다.

본디 야구란 흐름이 중요했다. 위기 뒤에 기회가 찾아오는 만큼 이 위기만 넘어선다면 경기는 얼마든지 달라질 수 있다고 확신을 가졌다.

"서두르지 말자. 가급적이면 삼진을 잡는 게 좋겠어."

펠리스 에르난데스가 천천히 숨을 골랐다. 그리고 초구와 2구, 연속해서 고속 싱커를 몸 쪽에 찔러 넣었다.

하지만 엔리 에르난데스는 꿈쩍을 하지 않았다. 3구와 4구, 5구까지 아슬아슬한 코스를 파고들어도 마찬가지였다. 기어코 풀카운트를 채운 뒤 6구째 몸 쪽 낮게 깔려 들어오는 고속 싱커까지 참아내고는 보란 듯이 1루를 밟아버렸다.

그러자 밥 그린 벤치 코치가 재빨리 입을 열었다.

"대타를 쓰시죠."

"대타요?"

"야스마니 그린이 아까부터 몸을 풀고 있었습니다."

"흠……."

모렐 허샤이저 감독의 시선이 더그아웃 구석으로 향했다. 밥 그린 코치의 말처럼 그곳에는 야스마니 그린이 벌겋게 상기된 얼굴로 방망이를 들고 서성거리고 있었다.

"어쩌면 오늘 경기가 마지막일지 모릅니다. 그동안 고생한 게 있으니 야스마니 그린에게 오늘 경기의 마지막을 맡기는 것도 나쁘지 않을 것 같습니다."

밥 그린 코치에 이어 팀 하이드 타격 코치도 한마디 거들었다.

오스틴 번이 두각을 보이기 전까지 다저스의 주전 포수는 야스마니 그린이었다. 수비 능력은 오스틴 번에 비해 조금 떨어진다고는 하지만 앞으로 두 이닝 정도는 얼마든지 박건호와 호흡을 맞출 수 있다고 여겼다.

하지만 모렐 허샤이저 감독은 고개를 가로저었다.

"야스마니 그린에게는 미안한 말이지만 난 건의 피칭을 망치고 싶지 않습니다."

모렐 허샤이저 감독의 단호한 말에 밥 그린 코치는 물론이고 팀 하이드 코치도 한발 물러났다. 모렐 허샤이저 감독이 다른 이유를 들었다면 또 모르겠지만 박건호와의 호흡 때문이라면 감히 딴소리를 할 수가 없었다.

올 시즌 박건호를 내셔널 리그 사이영 상급 투수로 만든 1등 공신은 다름 아닌 오스틴 번이었다.

지난해 박건호가 데빈 로버츠 감독과 내기를 통해 자신의 출전을 보장해 줬다는 사실을 전해 들은 오스틴 번은 지난겨울 내내 전략 분석 코치들과 붙어살다시피 하며 보냈다. 당장에 타격으로 박건호를 도울 수 없으니 장점인 수비 능력을 극대화시켜 박건호의 승리를 확실히 지키기로 마음먹은 것이다.

그 노력 덕분에 박건호는 시즌 내내 메이저리그 투수 랭킹 1위를 꾸준히 유지했다. 5월에 월간 포인트에서 슬레이튼 커쇼에 뒤지며 하마터면 1위 자리를 내줄 뻔도 했지만 6월 이후 다시 반등하며 그야말로 압도적인 시즌을 보냈다.

메이저리그 전문가들도 오스틴 번이 없었다면 박건호가 이 정도로 재능을 만개하지는 못했을 것이라고 단언했다. 박건호도 오스틴 번을 향해 자신의 인생 최고의 포수라고 극찬을 아끼지 않았다.

박건호와 오스틴 번의 시너지는 지난 월드시리즈 2차전에서 극명하게 드러났다. 한 수 아래로 평가받는 매리너스 타자들을 힘으로 찍어 누르는 볼 배합은 월드 시리즈 최초의 노히트노런을 이끌어 냈다.

그리고 지금, 박건호와 오스틴 번은 또다시 대기록에 도전하고 있었다.

메이저리그 한 경기 최다 탈삼진.

메이저리그 월드시리즈 두 번째 퍼펙트게임.

오늘 경기가 모두의 바람대로 끝이 난다면 박건호는 메이저리그 역사에 길이 남을 전설이 될 것이다. 그리고 그 전설과 함께했던 포수로 오스틴 번의 이름도 함께 기록이 될 것이다.

그런데 이 순간에 오스틴 번을 교체하자니. 야스마니 그린의 공헌도가 크다 하더라도 모렐 허샤이저 감독은 도저히 받아들일 수가 없었다.

옆에서 상황을 지켜보던 릭 허니컷 투수 코치도 모렐 허샤이저 감독의 결정을 존중했다.

"야스마니 그린을 대타로 내세운다면 매리너스 벤치도 야스마니 그린을 거르라고 지시했을 겁니다. 그다음이 건이니까요."

다저스 벤치에서 대타 작전을 쓴다면 매리너스 벤치가 가만히 보고만 있을 리 없었다. 투수 교체 카드를 쓰든지 아니면 고의 사구 작전을 써서 어떻게든 승부를 박건호 쪽으로 끌고 갈 가능성이 높았다. 그러면서 내심 박건호가 교체되기를 기대할지도 몰랐다.

"오스틴을 한번 믿어봅시다."

가만히 고개를 주억거리던 모렐 허샤이저 감독이 그라운드로 눈을 돌렸다. 타석에는 오스틴 번이 방망이를 단단히 움켜쥔 채로 펠리스 에르난데스의 초구를 기다리고 있었다.

첫 타석에서 오스틴 번은 추가점의 발판이 된 안타를 때려냈다. 하지만 두 번째 타석에서는 삼진으로 물러났다.

세 번째 타석이니 다시 한번 안타를 노려볼 만했지만 오스틴 번은 욕심을 버렸다.

"다음 타석은 건이니까 내가 죽는 게 나아."

괜히 살아나가서 박건호가 타석에 들어서봐야 8회 초 피칭에 전혀 도움이 되지 않았다. 게다가 8회 초 매리너스의 공격은 4번 타자 넬슨 크로스부터 시작됐다. 타격 이후 박건호의 투구 리듬이 돌아오지 않은 상황에서 단단히 약이 오른 넬슨 크로스를 상대하는 건 가급적 피하고 싶었다.

'물론 건이라면 아무렇지도 않게 넬슨 크로스를 잡아내겠지만…… 난 건처럼 대단한 선수가 아니니까. 건에게 0.1퍼센트라도 도움이 되는 쪽을 택하겠어.'

펠리스 에르난데스의 초구가 몸 쪽에 들어오자 오스틴 번은 망설이지 않고 방망이를 힘껏 내돌렸다. 그 공을 때려봐야 평범한 땅볼이 될 거라는 걸 모르지 않았지만 삼진을 당하는 것보다는 뭐라도 해보고 죽는 편이 낫다고 판단했다.

그런데.

따악!

방망이 중심에 제대로 걸린 타구가 3유간을 빠져나가면서 상황이 복잡해졌다. 마지막 순간 불규칙하게 튀어 오른 공이 진 세그라의 글러브 끝을 스쳐 지난 것이다.

회전이 걸린 타구는 좌익수와 중견수, 유격수의 사이로 느리게 굴러갔다. 중견수 레오나르도 마틴과 좌익수 기에르모 에레라가 동시에 달려 왔지만 누가 공을 잡더라도 추가 득점을 막기란 불가능해 보였다.

그러자 3루 코치 크리스 우드가 미친 듯이 팔을 내돌렸다.

"뛰어! 뛰어!"

박건호가 다음 타석에 들어서는 걸 막기 위해 일부러 1루 주자 엔리 에르난데스를 미끼로 삼은 것이다.

2루를 밟은 엔리 에르난데스가 크리스 우드 코치의 사인을 보고 3루로 내달렸다. 그리고 곧바로 쉬지 않고 홈으로 달렸다.

그사이 공을 잡은 레오나르도 마틴이 홈을 향해 공을 던지려 했다.

하지만 바로 그때.

"2루! 2루로!"

진 세그라의 다급한 목소리가 들려 왔다. 엔리 에르난데스가 홈을 파고드는 사이 오스틴 번도 과감하게 2루를 노리며 달려든 것이다.

"어딜!"

레오나르도 마틴이 방향을 틀어 2루를 향해 공을 내던졌다.

후앗!

다소 힘이 들어간 듯 송구가 높게 날아왔다. 2루수 로빈슨 카누가 베이스를 포기하고 다급히 뒤로 물러나지 않았다면 송구는 1루 측 더그아웃으로 빠졌을지 몰랐다.

공이 2루 쪽에서 노는 동안 미친 듯이 내달린 엔리 에르난데스가 기어코 홈을 밟는 데 성공했다.

하지만 경기는 여기서 끝나지 않았다. 2루 송구가 빠졌다고 생각한 오스틴 번이 2루를 돌아 3루로 내달린 것이다.

"잡지 마! 잡지 말라고!"

오스틴 번의 속내를 알아챈 스캇 서바이브 감독이 다급히 소리쳤다. 어차피 투 아웃에 다음 타자는 박건호였다. 오스틴 번이 어디에 있는지는 크게 중요치 않았다.

하지만 로빈슨 카누는 스캇 서바이브 감독의 말을 듣지 못했다. 아니, 설사 들었다 하더라도 이런 식으로 다저스에게 농락당하는 건 참을 수가 없었다.

"죽어버려!"

재빨리 스텝을 밟은 뒤 로빈슨 카누가 3루를 향해 내려찍듯 공을 내던졌다. 그 공이 원 바운드가 되며 튀어 올랐지만 3루수 카인 시거가 역동작으로 기가 막히게 잡아낸 뒤 헤드 퍼스트 슬라이딩을 하는 오스틴 번의 어깨를 찍어 눌렀다.

"아웃!"

3루심이 요란스럽게 팔을 휘두르며 이닝 종료를 알렸다.

"허억. 허억."

오스틴 번이 3루 베이스를 끌어안고 한참 동안 헐떡거렸다. 그런 오스틴 번을 향해 박건호가 다가가 손을 내밀었다.

"짜식, 고생했다."

"크으으. 고생은 무슨."

박건호의 손을 잡고 일어난 오스틴 번은 흙먼지를 대충 털어낸 뒤 더그아웃으로 들어갔다.

"잘했어! 오스틴!"

"어서 와! 슈퍼 소닉!"

"기왕 죽을 거 홈까지 달리지 그랬어?"

다저스 선수들은 앞다투어 오스틴 번과 주먹을 부딪쳤다. 아직은 서먹서먹한 감이 있던 에이스 슬레이튼 커쇼도 환하게 웃으며 오스틴 번에게 직접 음료를 건넸다.

"고마워, 커쇼."

슬레이튼 커쇼가 건네준 음료를 조금 들이켠 뒤 오스틴 번은 서둘러 포수 장비를 챙겼다.

그때까지 박건호는 마운드에 서서 아무것도 하지 않았다. 오스틴 번을 대신해 백업 포수가 연습구를 받아주기 위해 나왔지만 다시 들어가라는 손짓을 한 뒤 오스틴 번을 끝까지 기다렸다.

"넬슨! 뭐하는 거야! 항의를 해! 저 녀석이 일부러 시간을 끌고 있잖아!"

스캇 서바이브 감독이 대기 타석에 서 있는 넬슨 크로스에게 소리쳤다. 연습 투구 시간을 주는 건 심판의 재량이지만 박건호가 일부러 시간을 끈 만큼 연습구를 던지지 못하게 만들어야 한다고 소리쳤다.

그러나 넬슨 크로스는 대충 고개만 주억거릴 뿐 구심에게 아무 말도 하지 않았다.

"넬슨, 아무 말도 하지 마. 오늘 경기를 더 이상 엉망으로 만들고 싶지 않으니까."

구심도 단호한 목소리로 매리너스 벤치의 항의를 차단했다.

"걱정 마요. 나도 그 정도 눈치는 있으니까."

넬슨 크로스가 쓴웃음을 지었다. 우승도 좋지만 진흙탕 싸움을 벌여가며 상대를 끌어내리는 승리는 하고 싶지 않았다.

게다가 이미 경기 분위기는 다저스 쪽으로 기운 지 오래였다. 남은 두 번의 공격 기회에서 퍼펙트 피칭 중인 박건호를 무너뜨리고 4점 이상을 뽑아내기란 현실적으로 불가능해 보였다.

"오스틴, 시간은 충분히 줄 테니까 천천히 몸을 풀라고."

오스틴 번이 포수석으로 들어오자 구심은 시간제한 없이 충분히 연습 투구를 할 수 있도록 배려했다. 타석에 들어선 투수에게 숨을 돌릴 시간이 필요하듯 월드시리즈에 어울릴 만한 헌신적인 플레이를 펼친 오스틴 번에게도 휴식이 필요하다고 판단했다.

그러나 오스틴 번도 구심의 배려를 눈치껏 받았다. 여섯 개의 연습구를 받은 뒤 구심에게 됐다는 사인을 보냈다.

"후우……."

대기 타석에 서서 박건호의 연습구에 타이밍을 맞추던 넬슨 크로스가 천천히 타석에 들어섰다.

'욕심부리지 말자. 지금은 내가 할 수 있는 타격을 해야 해.'

이번 월드 시리즈 마지막 타석이 될지도 모르는 상황이었지만 넬슨 크로스는 조급해하지 않았다. 팀의 4번 타자로서 뭔가 보여줘야 한다는 부담감을 억누르고 메이저리그 최고의 투수를 상대하는 한 명의 타자의 입장이 되어 생각을 정리했다.

만약 다른 타자들 같았다면 메이저리그 최고로 꼽히는 박건호의 포심 패스트볼을 가장 먼저 배제했을 것이다. 특별히 박건호의 컨디션이 좋지 않다면 또 모르겠지만 오늘 같은 날 박건호의 포심 패스트볼을 노려봐야 좋은 결과를 기대하기 어려워 보였다.

하지만 넬슨 크로스는 들어올지 안 들어올지도 모르는 변화구만 좇다가 이번 타석을 날려 버리고 싶지 않았다.

'두 개 중에 하나. 아니, 세 개 중에 두 개는 포심이 들어올

거야. 처음 것은 버리고 두 번째를 노리자.'

넬슨 크로스는 포심 패스트볼에 초점을 맞췄다. 그리고 슬쩍 반 발자국 물러나 박건호의 몸 쪽 승부를 유도했다.

우타자인 넬슨 크로스에게 있어서 먼 곳에서 바깥쪽으로 날아드는 공보다는 홈 플레이트를 가로질러 몸 쪽을 파고드는 공이 때려내기 편했다. 비행거리도 바깥쪽 공보다 몸 쪽 공이 약간이나마 긴 만큼 준비만 잘하면 대처가 가능할 것이라고 내다봤다.

그러나 오스틴 번은 넬슨 크로스가 바라는 대로 초구부터 몸 쪽 승부를 걸 생각이 없었다.

'빗맞긴 했지만 앞선 타석에서 포심 패스트볼을 맞춰내긴 했어. 그러니까 일단 조심은 하자고.'

오스틴 번이 바깥쪽으로 미트를 움직였다.

구종은 포심 체인지업.

넬슨 크로스가 성급히 방망이를 내돌린다면 어렵지 않게 땅볼을 유도해 낼 수 있는 공이었다.

사인을 확인한 박건호가 가볍게 고개를 끄덕였다. 그리고 오스틴 번의 미트를 향해 힘차게 공을 내던졌다.

후앗!

박건호의 손끝을 빠져나간 공이 포심 패스트볼처럼 날아들었다. 순간 넬슨 크로스가 어깨를 움찔했지만 방망이를 내돌리지는 않았다.

파앗!

넬슨 크로스가 반응하지 않자 오스틴 번이 팔을 쭉 뻗어 공을 받아 올렸다.

"스트라이크!"

구심은 망설이지 않고 오른팔을 들어 올렸다. 조금만 더 떨어졌다면 스트라이크를 주기 어려웠지만 오스틴 번의 프레이밍 타이밍이 좋았다.

순간 박건호와 넬슨 크로스의 희비가 엇갈렸다.

"좋았어!"

박건호는 씩 웃으며 오스틴 번에게 엄지를 들어 올렸다. 반면 넬슨 크로스는 타석에서 벗어나 한참 동안 숨을 골랐다.

-오스틴 번, 결정적인 순간에 스트라이크를 만들어냅니다.

-궤적상 볼이 될 가능성이 높은 공이었는데요. 오스틴 번이 잘 받쳐 들면서 원 볼이 원 스트라이크로 변했습니다.

-이건 구심의 판정에 문제가 있다고 탓하기 어렵겠죠.

-코스가 아슬아슬하긴 했으니까요.

-어쨌든 2구째 승부가 중요해졌습니다.

-매리너스 타자들 중 넬슨 크로스가 건에게 가장 강한 편이니까요.

─어찌 보면 매리너스의 마지막 희망이나 다를 바 없으니까요. 넬슨 크로스마저 소득 없이 물러선다면 매리너스, 오늘 경기 정말로 어려워질 겁니다.

8회가 되면서 ESPM 중계진은 흥분을 가라앉혔다. 호들갑을 떨다가 대기록이 날아갈지 모른다며 즉흥적인 멘트를 최대한 자제하는 모습을 보였다.

그사이 박건호가 내던진 2구가 바깥쪽 홈플레이트 위를 스쳐 지난 뒤 오스틴 번의 미트에 정확하게 틀어박혔다.

"스트라이크!"

구심은 이번에도 오른팔을 들어 올렸다.

"젠장할!"

넬슨 크로스가 입술을 질근 깨물었다. 그토록 노리던 포심 패스트볼이 날아들었는데도 방망이를 내돌리지 못한 것이다.

"후우……."

애써 아쉬움을 삼키며 넬슨 크로스가 전광판을 올려다 봤다.

[104mile/h(≒167.3km/h)]

8회 초인데도 불구하고 박건호의 구속은 조금도 줄어들 기색을 보이지 않고 있었다.

넬슨 크로스는 자신도 모르게 고개를 흔들어 댔다.

오늘 경기 세 번째 타석인데도 박건호의 포심 패스트볼은 아직도 낯설기만 했다. 눈에 익기는커녕 모든 공이 새롭게 느껴졌다. 그렇다 보니 타이밍을 맞추는 것 자체가 불가능한 일이 되어버렸다.

만약 매리너스의 4번 타자가 아니었다면 넬슨 크로스는 머릿속에서 포심 패스트볼을 지웠을 것이다. 포심 패스트볼은 버리고 다른 타자들처럼 변화구 쪽으로 눈을 돌렸을 것이다.

하지만 넬슨 크로스는 단단히 이를 악물며 방망이를 들어 올렸다.

'분명히 들어올 거야.'

넬슨 크로스가 매섭게 박건호를 노려보았다.

그 순간.

후앗!

박건호의 손끝을 빠져나간 공이 정말로 몸 쪽으로 날아들었다.

'지금이야!'

넬슨 크로스는 반사적으로 방망이를 내돌렸다. 포심 패스트볼이라는 확신을 가지고 자신이 할 수 있는 모든 기술과 능력을 총동원해 방망이를 홈 플레이트 앞쪽으로 밀어냈다.

따악!

제법 묵직한 타격 소리가 경기장을 타고 울려 퍼졌다. 뒤이어 우익수 마이클 리드가 펜스를 향해 빠르게 물러서기 시작했다.

"그렇지!"

"넘어가라! 넘어가!"

매리너스 선수들이 동시에 일어나 소리쳤다. 주자가 없는 상황이지만 이 타구가 담장을 넘긴다면, 그래서 박건호의 퍼펙트게임이 깨진다면 야구의 신이 한 번쯤은 매리너스에게도 기회를 줄 것만 같았다.

그러나 정작 넬슨 크로스는 베이스를 돌지 않았다. 타석에 선 채 펜스 쪽으로 뻗어 나가는 타구를 간절히 지켜보았다.

만약 바람이 불어준다면.

팔로우 스윙을 한 게 타구에 조금 더 전달이 됐다면.

차마 내뱉지 못한 말들이 넬슨 크로스의 얼굴 위를 스쳐 지났다. 하지만 애석하게도 펜스를 그대로 넘길 것 같던 타구는 워닝 트랙에 도착하기도 전에 힘을 잃고 추락하기 시작했다.

그러고는.

탁!

펜스에 등을 대고 선 마이클 리드의 글러브 속에 빨려 들어가 버렸다.

"후우……."

선심의 아웃 사인을 확인한 뒤 넬슨 크로스가 더그아웃으로 몸을 돌렸다. 그러면서 슬쩍 박건호를 바라봤다.

하마터면 홈런이 될 뻔한 타구였지만 박건호는 웃고 있었다. 마치 이렇게 될 것이라고 예상이라도 한 것처럼 말이다.

'내가 졌다, 건.'

넬슨 크로스는 자신의 완패를 인정했다. 만약 박건호가 까다로운 볼 배합으로 자신을 몰아붙인 거라면 그 핑계라도 댔겠지만 3구째 포심 패스트볼은 말 그대로 칠 테면 쳐 보라고 던진 공이었다. 실제로 살짝 몸 쪽으로 몰리기까지 했다. 그걸 이 악물고 때리고도 힘에서 밀려 담장을 넘기지 못했으니 더 이상은 변명의 여지가 없었다.

"아까웠어, 넬슨."

"조금만 더 중심에 맞았다면 넘길 수 있었을 텐데."

매리너스 동료들이 아쉽다며 넬슨 크로스를 독려했다.

"그래, 아까웠어."

넬슨 크로스는 피식 웃었다. 그렇다고 완벽한 타격의 결과였다고 시인하진 않았다. 비록 자신은 패배했지만 매리너스 타자들 중 누군가는 박건호의 공을 멋지게 담장 밖으로 넘겨 버리길 바랐다.

그러나 매리너스 타자들 중 박건호에게 가장 강했다고 평가받는 넬슨 크로스도 하지 못한 일을 다른 타자들이 해낼 리 없었다.

"스트라이크, 아웃!"

"스트라이크, 아웃!"

넬슨 크로스에게 장타를 허용한 것에 대한 분풀이라도 하듯 박건호는 5번 타자 카인 시거와 6번 타자 진 세그라를 연속 3구 삼진으로 돌려세우고 마운드를 내려왔다.

이 둘을 상대로 박건호는 단 하나의 변화구도 섞지 않았다. 오로지 포심 패스트볼 하나로 매리너스의 힘 있는 타자들을 완전히 셧아웃 시켜 버렸다.

−건, 정말이지 무지막지한 피칭을 이어가고 있습니다.

−벌써 삼진이 18개째인데요. 한 경기 최다 탈삼진 타이기록까지 2개 남았습니다.

−그건 9이닝 기준이고요. 톰 제니가 기록한 한 경기 최다 탈삼진 타이기록까지는 3개가 남아 있는데요.

−매리너스가 대타 카드를 활용하겠지만 메이저리그 레전드들의 영역이었던 탈삼진 기록에 건의 이름이 새롭게 올라가는 건 시간문제일 것 같습니다.

ESPM 중계진의 목소리가 다소 격앙된 가운데 박건호가 방망이를 들고 타석에 들어섰다.

"젠장, 겁도 없이 타석에 들어서다니!"

내심 박건호가 바뀌길 기다렸던 스캇 서바이브 감독이 입술을 질근 깨물었다. 그러고는 펠리스 에르난데스에 이어 마운드에 올려 보낸 에반 스크립트에게 빈볼을 지시했다.

하지만 에반 스크립트는 스캇 서바이브 감독의 지시를 무시해 버렸다.

"스캇, 그런 추잡한 짓을 하고 싶으면 직접 마운드 위에 올라와서 하라고요."

에반 스크립트는 박건호를 4구 삼진으로 잡아내고 더그아웃으로 돌려보냈다.

박건호가 초구와 2구를 맞춰내며 에반 스크립트의 자존심을 건드렸지만 스캇 서바이브 감독이 바라던 빈볼은 끝내 나오지 않았다.

"건이 숨 돌릴 시간은 벌어줘야겠지."

뒤이어 타석에 들어선 1번 타자 작 피터슨은 공격적인 성향을 억누르고 에반 스크립트의 공을 최대한 지켜보았다.

초구와 2구, 바깥쪽으로 날아든 유인구를 전부 골라내며 볼카운트를 유리하게 끌고 갔다.

"젠장!"

볼카운트가 원 스트라이크 쓰리 볼까지 몰리자 에반 스크립트는 어쩔 수 없이 몸 쪽으로 스트라이크를 밀어 넣었다. 작 피터슨은 그 공을 놓치지 않고 잡아당겼다.

따악!

경쾌한 타격음과 함께 뻗어 나간 타구가 좌익수 앞에 뚝 하고 떨어졌다.

"이런, 안타까지 칠 생각은 없었는데."

작 피터슨이 멋쩍게 웃으며 조지 몸바드 1루 코치와 하이파이브를 나누었다. 그러자 스캇 서바이브 감독이 더는 참지 못하고 투수를 바꿔 버렸다.

ㅡ매리너스, 오늘 경기 세 번째 투수를 마운드에 올립니다.

ㅡ잭 커터스 같은데요. 92년생의 빠른 공을 던지는 좌완 투수입니다.

ㅡ이번 월드 시리즈 세 번째 등판인데요.

ㅡ앞선 두 차례 등판에서는 2.1이닝 동안 1실점을 기록하고 있습니다.

ㅡ우타자인 마이클 리드를 상대로 좌완 투수를 올려 보냈는데요. 특별한 의도가 있는 것일까요?

ㅡ글쎄요. 에반 스크립트가 작 피터슨에게 안타를 허용하긴 했습니다만 투수를 바꿀 상황은 아니었으니까요.

ESPM 중계진은 이해할 수 없는 투수 교체라고 말했다.

8회 말. 점수는 4 대 0까지 벌어진 상황이었다. 불펜진을 통해 오늘 경기를 뒤집을 생각이라면 오스틴 번의 안타가 터져 나오기 전에 투수 교체 카드를 꺼내 들었어야 했다.

중계 카메라가 답을 요구하듯 매리너스 벤치 쪽을 비추었다. 스캇 서바이브 감독은 에드 마르티네즈 타격 코치를 불러다놓고 심각한 이야기를 나누고 있었다.

－누구죠? 팀 보거트 벤치 코치인가요?

－에드 마르티네즈 타격 코치 같은데요. 스캇 서바이브 감독, 에드 마르티네즈 코치와 과연 무슨 이야기를 나누는 걸까요?

－아마 9회 초 공격에 대한 이야기 같은데요.

－스캇 서바이브 감독, 오늘 경기를 이대로 포기할 생각은 없는 것 같습니다.

잭 커터스가 2번 타자 마이클 리드를 땅볼로 유도해 이닝을 마치자 스캇 서바이브 감독은 곧바로 대타를 뽑아들었다. 오늘 타격 부진에서 헤어 나오지 못하는 포수 마이클 주니노를 대신해 오타니 쇼헤를 준비시킨 것이다.

"참 나, 타자가 저 녀석밖에 없나?"

대기 타석에 들어온 오타니 쇼헤를 보며 박건호는 헛웃음을 흘렸다. 월드시리즈 우승을 현장에서 지켜보기 위해 LA까지 날아온 한국 기자들의 반응도 별반 다르지 않았다.

　　"스캇 저 양반, 국적이 어디야? 혹시 일본에서 태어난 거 아냐?"

　　"그럴 리가요. 누가 봐도 미국 본토잖아요."

　　"그런데 왜 박건호에게 자꾸 오타니 자식을 가져다 붙이는 거야?"

　　"어떻게든 박건호는 흔들어야겠고 한일 감정이라는 게 있으니까 저러는 거 아닐까요?"

　　"어쨌든 저거 병원 가야 하는 거 아냐? 저 정도면 집착이라고."

　　"스캇 서바이브 감독 입장에서는 월드시리즈는 내주더라도 퍼펙트게임만큼은 깨고 싶은 거겠죠. 오타니 쇼헤가 빠른 공에 강하기도 하고요."

　　"젠장할. 이러다 정말 퍼펙트 깨지는 거 아니지? 나 기사 다 써놨단 말이야."

　　"전 오히려 잘됐다 싶은데요?"

　　"잘되다니? 뭐가?"

　　"지금까지 박건호가 탈삼진을 18개 잡았거든요. 아담 리드야 전형적으로 크게 치는 타입이니 삼진이 유력하고 그럼 19

개죠."

"그래서? 오타니 쇼헤를 제물로 삼아서 메이저리그 한 경기 최다 탈심진 타이기록을 달성할 거다 이거냐?"

"제 생각은 그래요. 선배는 아니에요?"

"야, 그게 쉽냐? 마지막 이닝인데. 박건호도 얼마나 긴장하겠냐?"

"그럼 선배는 그대로 밀고 나가요. 난 오타니 쇼헤를 삼진으로 잡는 즉시 기사 송고할 거니까."

"젠장. 이거 또 고민하게 만드네."

"서두르는 게 좋을 걸요? 아담 리드. 벌써 투 스트라이크 먹었어요."

후배 기자가 씩 웃으며 마운드 쪽으로 턱짓을 했다.

그 순간.

퍼엉!

박건호의 손끝을 빠져나간 공이 그대로 오스틴 번의 미트에 틀어박혔다.

"스트라이크, 아웃!"

구심이 경기장이 떠나가라 삼진을 외쳤다.

이로써 19개.

메이저리그 9이닝 최다 탈삼진 타이기록까지 단 하나가 남았다.

"괴물 같은 자식."

대기 타석을 나서며 오타니 쇼헤가 전광판을 바라봤다.

매리너스 기록란을 뒤덮은 0의 행진 따위는 관심 없었다. 오타니 쇼헤의 시선이 향한 곳은 바로 구속란. 그곳에는 104mile/h(≒167.3㎞/h)이라는 숫자가 매리너스 타자들을 놀리듯 빠르게 점멸하고 있었다.

"후우……."

오타니 쇼헤가 길게 한숨을 내쉬었다. 그리고 긴장 어린 눈으로 박건호를 바라봤다.

본래 오타니 쇼헤는 박건호가 80구를 넘긴 시점에서 대타로 나서고 싶었다.

제아무리 박건호라 하더라도 80구 이후까지 103mile/h(≒165.8㎞/h)을 넘나드는 포심 패스트볼을 유지하지는 못할 터. 100mile/h(≒160.9㎞/h) 전후까지 떨어진 높은 포심 패스트볼을 노려볼 생각이었다.

하지만 스캇 서바이브 감독은 예상보다 일찍 오타니 쇼헤를 내세웠다. 투수 타순인 9번이 남아 있는데도 굳이 마이클 주니노를 빼고 그 자리에 오타니 쇼헤를 집어넣었다.

9회 첫 번째 아웃 카운트까지 잡아낸 상황에서 박건호의 투구 수는 고작 74구에 불과했다. 박건호가 한 타자를 더 상대했다 하더라도 80구를 넘길 가능성은 낮겠지만 오타니 쇼헤는 아쉬움을 감추지 못했다. 자신의 타석에서 박건호가 80구를 넘기는 것과 80구도 던지지 않은 박건호를 상대하는 건 엄연히 다를 수밖에 없었다.

'이렇게 된 거 버텨보자.'

한참 동안 타석을 고르던 오타니 쇼헤가 방망이를 짧게 움켜쥐었다. 그리고 홈 플레이트 쪽에 바짝 붙어 섰다.

'몸 쪽 포심. 그것만 빼고 나머지는 거른다.'

오타니 쇼헤가 입술을 질근 깨물었다. 그러자 박건호가 피식 웃더니 투수판을 박차고 앞으로 달려 나왔다.

후앗!

박건호의 손끝을 빠져나간 공이 먼 곳에서 한복판으로, 다시 몸 쪽으로 파고들었다.

하지만 오타니 쇼헤는 방망이를 내돌리지 못했다. 아니, 내돌릴 수가 없었다. 정말 눈 깜짝할 사이에 공이 홈 플레이트 위를 스쳐 지나가 버렸기 때문이다.

"젠장할!"

오타니 쇼헤가 입술을 질근 깨물며 타석 밖으로 물러섰다. 전광판에는 무려 105mile/h(≒169.0㎞/h)이라는 구속이 선명하게 찍혀 있었다.

"더 빨라지다니."

오타니 쇼헤는 9회에도 105mile/h을 던져 대는 박건호가 이해가 가지 않았다.

그건 박건호도 마찬가지였다. 오타니 쇼헤를 의식하지 않고 공을 던졌는데 이상하게도 공을 채는 느낌이 달랐다.

"이게 현신이 형이 말한 한일전 버프라는 건가?"

살짝 달아오른 손끝을 가볍게 불어내며 박건호가 쓴웃음을 지었다. 국가대항전도 아니고 월드시리즈에서 촌스럽게 국적을 가지고 차별하는 투수가 되고 싶지는 않았는데 자신도 어쩔 수 없는 한국인인 모양이었다.

"까짓것, 이렇게 된 거 최고 구속 한번 갈아보자."

박건호가 단단히 투수판을 밟고 오스틴 번을 바라봤다. 박건호의 속내를 읽은 듯 오스틴 번이 구속 끌어올리기에 딱 좋은, 바깥쪽 하이 패스트볼을 요구했다.

"역시 오스틴이야."

박건호가 씩 웃으며 고개를 끄덕였다. 그러자 오타니 쇼헤의 얼굴이 굳어졌다.

'젠장. 뭐지? 저 웃음은? 대체 뭘 던질 생각인 거지?'

오타니 쇼헤는 머릿속이 복잡해졌다.

오로지 박건호의 포심 패스트볼 하나만 보고 타석에 들어왔는데 만에 하나 변화구라도 날아든다면 타이밍을 맞출 자신이 없었다. 그렇다고 원 스트라이크를 먹은 상황에서 포심 패스트볼 이외의 공을 버리기도 쉽지 않았다.

'그래, 상식적으로 생각하자. 퍼펙트게임 중이야. 포심 패스트볼에 자신 있다 하더라도 아웃 카운트 두 개 남은 상황에서 연속으로 던지다 얻어맞고 싶진 않겠지.'

방망이를 들어 올리며 오타니 쇼헤가 바깥쪽으로 시선을 두었다. 포심 패스트볼과 그 외의 구종. 둘 중 어느 하나를 선택하기 어려우니 아예 바깥쪽 공을 때려내기로 마음을 먹은 것이다.

하지만 박건호가 전력을 다해 내던진 포심 패스트볼은 그런 안이한 생각으로는 절대 때려낼 수가 없었다.

후앗!

박건호의 손끝을 빠져나간 공이 바깥쪽을 향해 총알처럼 날아갔다. 오타니 쇼헤가 반사적으로 방망이를 내돌려 봤지만.

퍼엉!

방망이가 홈 플레이트를 훑기도 전에 공은 오스틴 번의 미트를 흔들어 놓았다.

"스트라이크!"

삼진도 아닌데 구심이 제법 요란스럽게 오른팔을 들어 올렸다. 경기 후반 박건호가 펼치고 있는 강속구의 향연에 자신도 모르게 취해 버린 모양이었다.

"후우……."

순식간에 투 스트라이크를 먹은 오타니 쇼헤가 길게 한숨을 내쉬었다. 말을 하진 않았지만 반쯤 넋이 나간 그의 얼굴은 더 이상 싸울 의지가 보이지 않았다.

그런 오타니 쇼헤를 향해 박건호가 한복판 높은 코스로 공을 때려 넣었다.

퍼엉!

묵직한 포구 소리가 경기장에 울려 퍼졌다. 뒤이어 다저스 스타디움을 가득 메운 관중들이 환호성을 내질렀다.

"젠장할."

오타니 쇼헤는 고개를 흔들며 더그아웃 쪽으로 몸을 돌렸다. 그렇게 오타니 쇼헤를 내세워 박건호를 자극해 보겠다는 스캇 서바이브 감독의 계획은 또다시 수포로 돌아가고 말았다.

―건! 건! 거어언! 오타니 쇼헤를 삼진으로 잡아내면서 메이저리그 한 경기 최다 탈삼진 타이기록을 달성합니다!

―9이닝을 기준으로 20개가 최고 기록이었는데요. 아직 아웃 카운트를 하나 남겨놓은 상황에서 건이 위대한 레전드들과 어깨를 나란히 합니다!

―전광판에 반짝이고 있는 저 구속을 보십시오. 106mile/h(≒170.6㎞/h)입니다. 106mile/h! 선발 투수가 9회에

마운드에 올라와 106mile/h을 던진다는 게 상식적으로 말이 나 되는 일입니까?

-그 말도 안 되는 일을 건은 해냈습니다. 게다가 아직 다 끝난 게 아닙니다. 타석에 들어설 9번 타자까지 건이 잡아낸 다면, 또 다른 대기록이 탄생하게 됩니다!

ESPM 중계진이 흥분 어린 목소리로 떠들어 댔다. 퍼펙트 게임과 노히트노런도 중요하지만 박건호가 한 경기 최다 탈 삼진 기록을 세웠으니 그것만으로도 중계할 가치가 충분하다 고 여긴 모양이었다.

하지만 오스틴 번은 박건호의 이름을 다른 선수들과 나란 히 올려놓을 생각이 없었다.

"자, 건. 이제 진짜 마지막이야."

오스틴 번이 미트를 들어 올렸다. 그 미트를 향해 박건호가 불같은 포심 패스트볼을 연거푸 꽂아 넣었다.

투수를 대신해 타석에 들어선 반 가멜이 이를 악물고 방망 이를 휘둘러봤지만 단 하나의 공도 건드리지 못했다.

퍼어엉!

박건호가 내던진 3구가 한복판을 지나 오스틴 번의 미트를 뒤흔드는 순간, 길고 길었던 2018년 메이저리그 포스트시즌 도 막을 내렸다.

게임 스코어 4 대 0.

다저스가 시리즈 스코어 4 대 2로 매리너스를 제압하고 30년 만에 월드시리즈 정상에 올랐다.

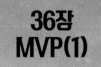

36장
MVP(1)

1

다저스 우승! 건, 월드시리즈 사상 두 번째 퍼펙트게임 달성!

건! 9이닝 퍼펙트 21K, 월드시리즈 역사를 새로 쓰다!

미스터 월드시리즈! 건! 메이저리그 최고 투수 등극!

슬레이튼 커쇼, 이제는 건의 시대다 밝혀.

매리너스 선수들, 최선을 다했으나 건은 너무 강했다.

월드시리즈가 끝나고 수많은 기사가 쏟아졌다.

모든 기사는 박건호의 활약상으로 뒤덮였다.

월드시리즈 2번째 퍼펙트게임.

월드시리즈 최초 2회 연속 노히트노런 달성. (2차전 노히트노런,
6차전 퍼펙트게임)

월드시리즈 한 경기 최다 탈삼진 기록.

메이저리그 한 경기 최다 탈삼진 기록 타이.

메이저리그 9이닝 기준 한 경기 최다 탈삼진 신기록.

월드시리즈 18이닝 연속 무피안타 무실점.

2018년 월드시리즈 MVP.

하나만 달성해도 두고두고 언론의 찬사를 받을 대기록들이
6차전 한 경기를 통해 나오면서 언론사들은 싸우지 않고 하나
씩 나눠가며 기사를 썼다.

덕분에 야구팬들도 반복 기사글에 대한 피로도 없이 월드
시리즈가 남긴 여운을 마지막까지 즐길 수 있었다.

각종 TV 채널에 출연한 전문가들은 방송 내내 박건호의 칭
찬을 늘어놓느라 정신이 없었다.

"다른 다저스 선수들에게는 정말 미안한 이야기지만, 저는
이번 월드시리즈에서 건의 호투밖에 생각이 나지 않아요."

"저도 그래요. 2차전에서 월드시리즈 최초로 노히트노런을
달성했을 때 와우, 정말 대단한 투수구나 했거든요? 그런데 6
차전에서 퍼펙트게임과 한 경기 최다 탈삼진 기록을 동시에

갈아치우는 걸 보고는 소름이 돋았어요."

"그 기분, 뭔지 알 것 같아요. 어쩌면 내가 메이저리그 역사상 최고의 투수가 될지 모르는 엄청난 선수와 같은 시대를 살고 있다는 생각을 하니까 전율 같은 게 느껴지더라고요."

"그런데 이제 그 메이저리그 최초의 노히트노런 이야기는 안 하는 게 낫지 않을까요? 건을 띄워주기 위해 LA 언론에서 쓰기 시작한 표현을 계속 쓰는 건 잘못됐다는 생각입니다."

"노히트노런의 범주 안에 퍼펙트게임이 포함되어 있으니 건이 월드시리즈 2차전에서 기록한 노히트노런은 정확하게 메이저리그 역대 2호 기록이 되겠죠. 그리고 만약에 건의 6차전이 없었다면 다저스 팬들은 두고두고 그 기록을 메이저리그 최초라 부르며 건을 칭송했을 겁니다. 하지만 이제는 그럴 필요가 없어요. 건은 이미 최고라고요."

"월드시리즈 최초의 퍼펙트게임은 돈 라덴이 기록했습니다. 이건 제아무리 건이라 해도 어쩌지 못할 거예요. 건이 태어나기도 전에 나온 기록이니까요. 하지만 실망할 필요 없어요. 제가 장담하건대 월드시리즈에서 건이 기록한 두 경기 연속 노히트노런 기록은 아마 100년이 지나도 깨지지 않을 테니까요."

"글쎄요. 제 생각은 다른데요? 물론 현존하는 투수들 중에 월드시리즈라는 큰 경기에서 건처럼 압도적인 피칭을 보여줄 수 있는 투수는 손에 꼽힐 겁니다. 더 냉정하게 말하자면 현재로써는 건을 능가하는 투수가 보이지 않아요. 하지만 건이라면 어떨까요?"

"건이요? 그러니까 내년 시즌에 건이 대기록을 다시 갈아치울지도 모른다는 이야기인가요?"

"물론 당장 내년 시즌이라고 단언하긴 어렵겠죠. 하지만 건은 아직도 성장 중이라고요. 건이 신체적으로 기술적으로 완성되는 시점에 다저스가 다시 월드시리즈에 올라간다면 어떨까요?"

"흠……. 그때는 설마 3경기 연속 퍼펙트게임이 달성되는 건가요?"

"솔직히 말도 안 되는 가정일지도 몰라요. 그런데 건이라면…… 한 번쯤 기대하고 싶어지는 이유는 뭘까요?"

"하하. 그야 건이니까요."

"그래요. 그게 정답이네요."

전문가들은 박건호의 퍼펙트게임을 운이 따랐다고 평가하지 않았다.

27개의 아웃 카운트 중 무려 21개를 스스로 해결했다. 남은 6개의 아웃 카운트만 야수들의 도움을 받는데 그중에 까다로웠다고 느껴지는 타구는 단 하나밖에 없었다.

그렇다 보니 박건호가 또다시 월드시리즈에서 퍼펙트게임

을 달성할지 모른다는 가정에 누구 하나 코웃음 치지 않았다. 오히려 예상보다 더 빠른 시기에 박건호의 2경기 연속 노히트 노런 기록이 갈릴지 모른다고 기대를 부풀렸다.

"그건 그렇고, 이제 건에게 건이라는 애칭보다는 풀 네임을 불러줄 때가 되지 않았나요? 야구팬들 중에 아직도 건의 풀 네임을 모르는 팬이 상당하더라고요."

"언론에서 편의상 건이라는 애칭을 지나치게 자주 사용했으니까요."

"이대로 가다간 옥스퍼드 대사전에 건의 애칭이 추가로 등록될지도 몰라요."

"입에 붙지 않지만 저는 부지런히 연습 중입니다. 곤오 팍. 어때요? 비슷한가요?"

"오오, 아주 정확해요. 건이 들으면 깜짝 놀라겠어요."

"나도 한번 해봐야겠어요. 고노 팍?"

"아뇨, 곤오 팍!"

"아! 곤오 팍!"

"하하. 그래요. 곤오 팍!"

월드시리즈를 총결산하는 중요한 자리에서 몇몇 전문가는 박건호라는 발음을 번갈아 가며 연습하기도 했다.

만약 다른 때 같았다면 그런 건 나중에 집에 가서 혼자 하라는 핀잔이 날아들었겠지만 누구 하나 그 분위기를 제지하지 않았다.

심지어 사회자조차 박건호의 억센 발음을 따라 하고는 프로그램이 끝날 때까지 건이라는 별명을 대신해 곤오 팍이라는 새로운 별명으로 박건호를 불렀다.

"이제 포스트시즌이 끝났으니 각종 시상식이 시작될 텐데요."

"아메리칸 리그 신인상은 솔직히 모르겠습니다. 오타니 쇼헤가 가장 유력하긴 하지만 다른 후보들도 만만치 않으니까요."

"내셔널 리그 신인상은 안이 유력합니다. 개인 성적도 준수한 편이고 올해 내셔널 리그에는 작년에 비해 특별히 두각을 드러낸 신인 선수가 많지 않았으니까요."

"이거 다들 건의 이야기를 하고 싶어서 신인상을 대충 전망하는 거 아닌가요?"

"하하. 그럴 리가요. 그래도 말이 나온 김에 내셔널 리그 사이영 상을 전망해 보자면…… 아마 건이 될 겁니다."

"제 생각도 같습니다. 사이영 상은 건의 수상이 확실해 보입니다. 개인 기록도 좋았고 2년 차 투수로서 2년 차 징크스를 털어내고 다저스의 내셔널 리그 승률 1위 달성에 지대한 공을 세웠으니까요."

"이닝 면에서 슬레이튼 커쇼에 조금 뒤지긴 하지만 그 외의 지표들은 슬레이튼 커쇼를 앞서고 있죠. 사이영 상 투표에 선수들의 이름값이 어느 정도 작용한다곤 하지만 건을 무시하지는 못할 겁니다."

"하지만 MVP는 잘 모르겠네요. 월드시리즈가 끝난 이후에 MVP 투표를 했다면 거의 만장일치로 건이 1위 표를 독식했을 것 같은데 정규 시즌 결과로만 MVP를 선정하는 거니까요."

"건은 이미 월드시리즈 MVP를 차지했죠. 그런 점에서 시즌 MVP는 슬레이튼 커쇼 쪽이 조금 더 유력할 것 같습니다."

"에이스로서 커리어 하이 시즌을 보냈으니까요. 개인 성적은 건이 낮지만 에이스로서 수많은 에이스와 맞대결을 펼치며 다저스의 상승세를 이끈 슬레이튼 커쇼의 공헌은 결코 작지 않을 겁니다."

내셔널 리그 사이영 상에 대해서는 이견이 없었다. 단 한 명의 예외도 없이 모든 전문가가 박건호에게 표를 주었다.

하지만 MVP 투표에 대해서는 생각이 갈렸다. 사이영 상을 받을 만큼 박건호가 최고의 활약을 펼쳤다는 걸 인정하면서도 슬레이튼 커쇼가 에이스로서 고군분투했다는 점에 조금 더 점수를 주는 분위기였다.

야구팬들도 MVP를 두고 갑론을박을 벌였다.

ㄴ당연히 슬레이튼 커쇼잖아. 건도 잘했지만 슬레이튼 커쇼는 정말 잘했다고. 슬레이튼 커쇼가 없으면 올 시즌 다저스의 우승도 없었어!

ㄴ너 지금 슬레이튼 커쇼와 건의 이름을 바꿔 쓴 거 아니지?

ㄴ올 시즌 최고의 투수는 건이야. 이건 반박할 수가 없어. 하지만 MVP는 커쇼가 받았으면 좋겠어. 팀에 공헌한 것만 놓고 보자면 슬레이튼 커쇼가 건보다 조금은 더 했을 거야.

ㄴ난 개인적으로 건을 응원하지만 슬레이튼 커쇼가 MVP를 받는 게 맞을 거라고 봐. 건은 앞으로도 기회가 많으니까.

ㄴ마치 슬레이튼 커쇼가 당장 은퇴라도 할 것처럼 구는데 슬레이튼 커쇼는 이제 서른 살이야. 아직도 5년 이상은 더 전성기를 유지할 수 있다고.

ㄴ다저스 팬이라면 슬레이튼 커쇼가 MVP를 수상하고 건이 사이영 상을 받길 바랄 거야. 하지만 상이라는 건 공정해야 하잖아? 올해 내셔널 리그에서 가장 잘한 선수가 MVP를 받는 게 맞다고 봐.

콕스 TV가 홈페이지를 통해 실시한 설문 조사에서 박건호가 사이영 상을 받아야 한다는 의견은 전체의 87퍼센트에 달했다. 11퍼센트가 슬레이튼 커쇼를 꼽았으며 제이슨 아리에타, 에디슨 범가너가 각기 1퍼센트 정도를 주고받았다.

전문가들의 예상처럼 야구팬들도 내셔널 리그 사이영 상은 박건호가 받아야 한다고 생각했다.

그러나 MVP 수상 예상 결과는 달랐다.

박건호 34퍼센트.
슬레이튼 커쇼 44퍼센트.
정할 수 없다 22퍼센트.

슬레이튼 커쇼가 MVP를 수상해야 한다는 의견이 박건호보다 10퍼센트 정도 많았다.

물론 둘 중 한 사람을 정할 수 없다는 의견이 22퍼센트나 되는 만큼 슬레이튼 커쇼가 압도적인 지지를 받았다고 말하긴 어려웠다. 하지만 적어도 적잖은 야구팬이 기록 하나만으로 MVP 수상자를 결정해서는 안 된다고 판단하고 있었다.

논란이 계속되자 슬레이튼 커쇼는 SNS를 통해 박건호가 사이영 상과 MVP를 함께 수상해야 한다는 뜻을 밝혔다. 올 시즌 최고의 선수는 박건호이며 박건호가 없었다면 다저스의 우승도 불가능했을 거라고 덧붙였다.

"솔직히 욕심나지 않냐?"

"뭐가?"

"사이영 상에 MVP까지 한꺼번에 받으면 좋잖아."

팔은 안으로 굽는다고 안승혁은 슬레이튼 커쇼보다 친구인 박건호가 MVP의 주인공이 되길 바랐다. 하지만 박건호는 사이영 상이라면 몰라도 MVP는 아직 받을 자격이 없다며 손사래를 쳤다.

"솔직히 말해서 고생은 커쇼가 다 했잖아. 내가 커쇼 뒤에서 편하게 던진 것도 부정하기 어렵지."

남들이 들으면 오만하다고 할지 몰라도 박건호는 가능하다면 슬레이튼 커쇼에게 MVP를 양보해 주고 싶었다. 그리고 내년에 다저스의 에이스로서 다시 한번 팀을 내셔널 리그 정상에 올려놓은 뒤 그때 당당하게 MVP를 받고 싶었다.

그러나 MVP는 기자단 투표로 결정되는 것이고 그 투표는 포스트시즌이 시작되기 전에 진즉 끝난 상황이었다.

"어쨌든 결과를 지켜보자고."

"너 되게 여유 있다? 못해도 사이영 상은 탄다 이거냐?"

"너도 신인상이 유력하잖아. 왜 이래?"

"그래도 너처럼 확정적이라는 기사는 별로 없잖아. 솔직히 엉뚱한 녀석이 신인상 뺏어갈까 봐 겁난다고."

2018년 신인상이 발표되기 직전까지 안승혁은 박건호의 호텔 방에 머무르며 노심초사했다.

그러다 신인상이 발표되자 언제 그랬냐는 것처럼 거드름을 피웠다.

"너도 이런 기분이었냐?"

"뭐가?"

"신인상 말이야. 뭔가 대단한 느낌일 줄 알았는데 그냥 그러네."

"배부른 소리 한다. 신인상 평생 못 받아본 메이저리거가 더 많거든?"

박건호가 피식 웃었다. 화장실 들어갈 때와 나올 때 다르다더니 딱 그 꼴이었다.

하지만 안승혁은 좀처럼 목에 힘을 풀지 않았다. 생각했던 것보다 신인상 투표 결과가 좋았기 때문이다.

LA 언론은 안승혁이 1위 표 12장과 2위 표 10장 3위 표 8장 정도를 획득해 98점(1위 표 5점, 2위 표 3점, 3위 표 1점)으로 아슬아슬하게 신인상을 거머쥘 것이라 예상했다.

안승혁과 경쟁하는 후보 선수들이 저마다 비슷비슷한 성적을 보인 탓에 1위 표가 상당히 분산될 거라고 내다본 것이다.

100점도 되지 않는 점수로 신인상을 받기가 쉬운 일은 아니지만 LA 언론은 지난해를 떠올릴 필요가 있다고 덧붙였다.

지난해 박건호는 110점의 점수로 108점에 그친 타이 블랙을 제치고 내셔널 리그 신인상을 수상했다. 시즌 내내 안정적인 모습을 보여주었던 타이 블랙과 시즌 막판 반짝 치고 올라온 박건호가 맞붙으면서 1위 표가 분산된 결과였다.

LA 언론은 안승혁을 뒤따르는 추격자들의 실력이 비등비
등하고 인기 구단에 소속된 만큼 1위 표가 잘게 쪼개질 가능
성이 높다고 분석했다.

하지만 결과는 전혀 달랐다.

1위 표 19장 95점.

2위 표 7장 21점.

3위 표 4장 4점.

합계 120점.

1위 표 중 63퍼센트를 안승혁이 독식하면서 지난해 박건호
보다 높은 점수를 얻어낸 것이다.

LA 언론은 다저스의 내셔널 리그 승률 1위 및 서부 지구 우
승 후광이 안승혁을 돋보이게 만들었다고 분석했다.

그러나 안승혁의 생각은 전혀 달랐다.

"내가 좀 잘하긴 했나 봐. 그렇지?"

"그래, 좀 잘하긴 했다."

"크흐흐. 짜식, 이제야 날 라이벌로 인정하는 거냐?"

"아니, 내 라이벌이 되려면 10년은 이르다."

"쳇, 재수 없는 자식. 어쨌든 신인왕 점수로는 내가 이긴 거
다. 알았지?"

안승혁이 보란 듯이 낄낄 웃어댔다. 하지만 그 웃음도 오래 가지는 않았다. 박건호가 곧바로 압도적인 점수 차이로 내셔널 리그 사이영 상을 수상했기 때문이다.

당초 전문가들은 박건호가 근소한 차이로 슬레이튼 커쇼를 따돌릴 것이라고 전망했다. 개인적인 기록은 박건호가 앞서지만 세 차례 사이영 상을 수상한 다저스의 에이스 슬레이튼 커쇼의 영향력을 무시하란 쉽지 않아 보였다.

하지만 투표 결과는 전문가들의 예상을 크게 빗나갔다.

박건호(다저스)

1위 표 27장 / 2위 표 3장 / 201점.

슬레이튼 커쇼(다저스)

1위 표 3장 / 2위 표 25장 / 3위 표 1장 / 4위 표 1장 / 126점.

제이슨 아리에타(컵스)

2위 표 1장 / 3위 표 14장 / 4위 표 15장 / 76점.

에디슨 범가너(자이언츠)

2위 표 1장 / 3위 표 12장 / 4위 표 11장 / 5위 표 6장 / 68점.

박건호가 슬레이튼 커쇼를 75점 차이로 크게 따돌리고 생애 첫 사이영 상 수상자로 선정된 것이다.

36장
MVP(2)

이변은 없었다! 다저스, 건! 내셔널 리그 사이영 상 수상!

슈퍼 건! 사이영 상 클럽에 이름을 올리다!

다저스의 젊은 에이스, 건! 내셔널 리그 최고의 투수로 선정!

언론들은 앞다투어 박건호의 사이영 상 수상 소식을 전했다. 일부 언론들은 벌써부터 박건호의 시대가 열렸다고 호들갑을 떨기도 했다.

자연스럽게 슬레이튼 커쇼를 응원하고 지지했던 팬들의 입에서 볼멘 목소리가 터져 나왔다.

ㄴ투표 결과가…… 왜 저래? 어떻게 슬레이튼 커쇼가 1위 표를 3표밖에 받지 못한 거지?

ㄴ내 예상은 건의 근소한 우위였어. 이 정도로 차이가 많이 날 리 없다고.

ㄴ뭐야? 기자들이 어째서 건에게만 1위 표를 던진 거지? 슬레이튼 커쇼가 그 정도로 형편없었던 거야?

ㄴ이건 음모라고. 분명 뭔가 있어.

ㄴ투표 결과에 신경 쓸 필요 없어. 사이영 상 투표는 인기 투표로 전락한 지 오래니까.

ㄴ맞아. 기자들이 인기투표를 한 게 틀림없다고.

몇몇 극성팬은 기자들의 투표 결과까지 거론하며 문제 제기에 나섰다. 박건호의 사이영 상을 빼앗을 수는 없더라도 최소한 슬레이튼 커쇼의 자존심을 세워줘야 한다고 생각한 것이다.

그러나 슬레이튼 커쇼는 사이영 상 투표 결과를 두고 박건호와 다툴 생각이 눈곱만큼도 없었다.

건, 축하해. 넌 사이영 상을 받을 자격이 충분해!

슬레이튼 커쇼는 SNS를 통해 사이영 상 투표는 공정했으며 결과를 기꺼이 승복하겠다는 뜻을 밝혔다. 아울러 자신을 지지하는 팬들에게도 더 이상의 분란을 자제하길 당부했다.

그러자 슬레이튼 커쇼의 팬들은 MVP 투표 결과에 촉각을 곤두세웠다.

└슬레이튼 커쇼 말이 맞아. 사이영 상 투표 결과는 나왔고 우리는 그 결과에 승복할 필요가 있어. 하지만 MVP까지 건에게 돌아간다면…… 난 정말 슬플 것 같아.

└나도 마찬가지야. 올해 건은 사이영 상을 받을 만큼 좋은 활약을 했어. 그건 인정해. 그래도 MVP는 슬레이튼 커쇼가 받아야 한다고.

└맞아. 올 시즌 슬레이튼 커쇼가 다저스를 위해 헌신한 걸 생각해 봐. 그렇다면 당연히 슬레이튼 커쇼에게 1위 표를 던져야 한다고!

└만약에 이번에도 투표 결과가 잘못 나온다면…… 이건 기자들이 문제라고밖에 볼 수 없어.

슬레이튼 커쇼의 팬들은 한목소리로 슬레이튼 커쇼가 MVP를 받아야 한다고 주장했다. 다저스 구단 내부에서도 올 시즌 고생한 슬레이튼 커쇼가 박건호와 상을 나눠 받는 게 최고의 시나리오라는 말이 흘러나왔다.

"간단하게 생각하자고. 생애 두 번째 MVP를 받고 자존심을 세운 슬레이튼 커쇼와 19살의 나이에 최연소 사이영 상과 최연소 MVP를 갈아치운 건. 둘 중 누가 더 부담스러울까?"

알렉스 인터폴리스 부사장이 단도직입적으로 물었다. 그러자 비서 세런 테일러가 고민할 필요도 없다며 말을 받았다.

"그야 당연히 건이죠. 슬레이튼 커쇼에게도 거금을 쥐어줘야 하는 건 사실이지만 지금까지 받아왔던 걸 감안하면 상승 폭은 1천만 달러를 넘기지 않을 가능성이 높아요. 슬레이튼 커쇼 측에서도 연평균 4천만 달러 선이면 만족할 거고요."

"슬레이튼 커쇼가 생애 두 번째 MVP를 수상했다고 해도 추가 금액은 발생하지 않는다 이거지?"

"애당초 슬레이튼 커쇼의 에이전트 측에서는 메이저리그 투수 최고 대우를 원했어요. 하지만 명분이 좀 부족했죠. 슬레이튼 커쇼는 이미 메이저리그 투수 중 가장 많은 연봉을 받고 있으니까요. 게다가 건이 등장했잖아요. 올 시즌 건의 활약을 놓고 보자면 무작정 슬레이튼 커쇼의 연봉을 올려 달라고 말하긴 어려운 상황이었어요."

"그런데 MVP를 수상했으니 그 명분을 채우는 것으로 쓸 거다 이거지?"

"네, 물론 MVP에 대한 조건으로 조금 더 많은 연봉을 기대하긴 하겠지만 그래 봐야 연평균 1천만 달러 안에서 해결이

가능할 것 같아요."

슬레이튼 커쇼의 계약 금액은 7년에 총 2억 1,500만 달러였다. 연평균으로 환산하면 3,071만 달러 정도. 맥 그레인키(다이아몬드백스, 6년 2억 650만 달러, 연평균 3,440만 달러)와 데이브 프라이스(레드삭스, 7년 2억 1,700만 달러, 연평균 3,100만 달러)에 이어 3위였다.

물론 평균 연봉이 아닌 시즌 연봉은 슬레이튼 커쇼가 3,557만 달러로 1위였다. 옵트 아웃을 행사하지 않을 경우 내년 시즌 연봉이 3,457만 달러로 조정되긴 하지만 그렇다 하더라도 메이저리그 최고 연봉왕 자리를 지키는 건 어렵지 않을 것 같았다.

하지만 슬레이튼 커쇼는 자신의 커리어에 미치지 못하는 투수들이 자신의 계약을 빌미로 자신의 턱밑까지 치고 올라오는 걸 반기지 않았다.

총액 연봉 1위인 맥 그레인키와 2위 데이브 프라이스는 한 차례 사이영 상을 수상한 게 전부였다. 반면 슬레이튼 커쇼는 3번의 사이영 상과 1번의 MVP를 거머쥐었다. 수상 경력과 나이를 감안하자면 후발 주자들과 연봉 격차를 벌리고 싶은 게 당연해 보였다.

실제로 슬레이튼 커쇼의 에이전트는 슬레이튼 커쇼가 다저스에서 은퇴하길 원한다며 6년 이상의 장기 계약과 연평균 4

천만 달러 이상의 총액을 요구하고 있었다.

그리고 그 정도 요구는 지난 5년간 슬레이큰 커쇼가 보여준 압도적인 활약과 올 시즌 우승 프리미엄을 감안했을 때 들어주지 못할 정도는 아니었다.

여기에 슬레이튼 커쇼가 생애 두 번째 MVP를 수상한다 하더라도 박건호에게 사이영 상을 빼앗긴 이상 연봉 상승 폭은 300만 달러 전후에 그칠 가능성이 높았다.

"그러니까 슬레이튼 커쇼는 최대 4,500만 달러 선에서 묶을 수 있다 이거지?"

알렉스 인터폴리스 부사장이 확인하듯 되물었다.

"6년이 아니라 8년 정도 장기 계약을 하고 계약 막판에 연봉을 몰아서 준다면 어느 정도 부담도 줄일 수 있다고 봐요."

세런 테일러가 슬레이튼 커쇼의 연봉 부담을 줄이는 방법은 얼마든지 있다고 덧붙였다.

"그래 봐야 몇백만 달러 정도일 텐데 뭘."

"그 몇백만 달러를 우습게 보면 안 돼요, 알렉스. 다저스에는 건 이외에도 연봉을 올려줘야 할 유망주가 많다고요."

"뭐 그 이야기는 다음에 하기로 하고 건의 경우는 어때? 만약 건이 사이영 상과 MVP를 동시에 석권한다면 얼마를 줘야 하는 거야?"

"그런 불상사가 일어나지 않기를 바라야겠지만…… 정말로 건이 MVP까지 받게 된다면 골치 아파질 거예요."

"골치 아파지다니? 건의 에이전트하고는 이야기가 잘되고 있다면서?"

"물론 브라이언 최와는 잘 지내고 있어요. 우리 측 제안에 대해서도 어느 정도 긍정적으로 받아들이고 있고요."

"그런데 뭐가 문제야?"

"지금까지의 제안은 건이 사이영 상을 수상한다는 조건하에 만든 거예요. 건의 MVP 수상에 대한 연봉 조정액은 없다고요."

"그래도 한 2백만 달러 올려주면 되는 거 아냐? 그게 싫다면 3백만 달러 부르면 되는 거고."

"그러다 건이 기분 나빠 하면요? 그 틈을 비집고 다른 대형 에이전시에서 나서서 끼어들려고 하면요?"

"젠장할. 그 생각을 못 했군."

"그러니까 다저스 입장에서는 건이 아쉽게 MVP 투표 2위를 하는 게 최선이에요. MVP 같은 건 올해 장기 계약을 체결한 이후에 받아도 늦지 않다고요."

박건호의 지지자이기 이전에 알렉스 인터폴리스 부사장의 보좌역으로서 세런 테일러는 냉정해질 수밖에 없었다. 다저스 구단 입장에서 슬레이트 커쇼가 MVP를 받는 것보다 박건호가 MVP를 받는 게 재정적 타격이 컸다.

알렉스 인터폴리스 부사장의 말처럼 2~3백만 달러 선에서 해결이 가능하다면 맘 편히 MVP 발표를 기다리겠지만 1천만 달러 이상 차이가 날지도 모르는 만큼 마음을 놓을 수가 없었다.

"후우……. 이거 월드시리즈 7차전을 기다리는 것보다 더 힘든 것 같아."

"월드시리즈 7차전에서 패배했다 하더라도 다저스가 흔들리진 않아요. 하지만 슬레이튼 커쇼와 건, 둘 모두를 주저앉히지 못한다면 내년 시즌 다저스의 우승은 장담하기 어려울 거예요."

"전문가들은 뭐래? 누가 더 유리하다고 그래?"

"다들 조심스러운 분위기예요. 전체적인 여론은 슬레이튼 커쇼 쪽으로 향해 있지만 건이 MVP를 거머쥐더라도 전혀 이상할 게 없는 분위기라고요."

"그 말은 건이 MVP가 될지도 모른다는 소리잖아."

알렉스 인터폴리스 부사장이 이마를 짚었다. 박건호의 사이영 상급 활약 덕분에 30년 만의 우승을 이뤄내긴 했지만 그로 인해 치러야 할 대가가 너무나 크게 느껴졌다.

"어쨌든 건이 MVP를 타는 경우를 염두에 두어야 할 것 같아요."

세런 테일러가 나직이 말했다. 사이영 상 투표 전까지만 해도 박건호와 슬레이튼 커쇼가 사이영 상과 MVP를 사이좋게 나눠 가질 거란 분석이 우세했다.

하지만 박건호가 일방적으로 사이영 상 투표에서 이겨 버리면서 분위기가 달라져 버렸다.

사이영 상 투표가 있기 전까지 LA 언론에서는 다저스가 박건호와 연평균 3천만 달러 수준의 장기 계약을 맺을 것이라는 의견이 우세했다.

그러나 정작 다저스가 박건호를 위해 준비한 계약은 연평균 2,500만 달러 수준이었다. 대신 계약 기간을 3년으로 줄였다. 3년 후, 박건호가 5년의 서비스 타임을 채우고 FA를 1년 앞둔 시점에서 박건호와 보다 합리적인 계약을 맺겠다는 계산이었다.

실제로 박건호의 에이전트 측은 다저스의 제안에 어느 정도 만족감을 드러냈다. FA에 제한을 받지 않으면서 최소 3년간 메이저리그 최고 수준의 연봉을 보장받게 되니 나쁠 게 없다고 판단한 것이다.

하지만 박건호가 예상했던 사이영 상에 이어 예상하지 못했던 MVP까지 차지하게 되면 이야기가 달라진다.

사이영 상은 메이저리그 양대 리그의 최고의 투수들에게 주는 상이다. 반면 MVP는 사이영 상보다 상위 개념의 상이었다. 말 그대로 양대 리그 최고의 선수들만 받을 수 있었다.

슬레이튼 커쇼는 2014년 내셔널 리그 MVP와 사이영 상을 독식하면서 내셔널 리그에서 가장 가치 있는 선수의 반열에 올라섰다.

그건 박건호도 다르지 않을 것이다. 사이영 상을 수상한 데 이어 슬레이튼 커쇼처럼 MVP까지 거머쥔다면 그건 격이 다른 선수들의 반열에 올라선다는 의미와 다름없었다.

격이 다른 선수들은 그에 걸맞은 대우를 해줘야 했다. 경력이 짧다는 이유로 구단의 이익만 생각했다간 FA를 통해 라이벌 팀으로 이적해 두고두고 친정 팀을 절망에 빠뜨릴지 몰랐다. 게다가 박건호는 포스트시즌을 통해 주가가 더욱 높아져 있었다.

슬레이튼 커쇼조차 쉽지 않다던 포스트시즌에서 박건호는 에이스처럼 팀을 이끌었다. 특히나 매리너스를 상대로 보여주었던 노히트노런과 퍼펙트게임은 다저스뿐만 아니라 메이저리그 역사에 영원히 기록될 명장면으로 꼽히고 있었다.

그토록 대단한 성과를 얻어낸 박건호를 앞에다 두고 계산기를 잘못 두드렸다가 박건호가 장기 계약을 거절하기라도 한다면?

30년 만의 우승으로 흥분에 빠져 있던 다저스 팬들이 운영진 퇴진 피켓을 들고 다저스 스타디움으로 몰려들게 될 것이다.

"그래서, 건이 MVP를 타면 계약 금액을 얼마나 높여야 하는 거야?"

"합리적인 의견을 듣고 싶은 건가요? 아니면 확실한 의견을 듣고 싶은 건가요?"

"후우……. 구단을 생각한다면 합리적인 의견을 들어야겠지만…… 그래서는 건을 설득하기 어렵겠지?"

"최선을 다한다면 건을 설득시킬 수도 있죠. 지금 당장은요. 하지만 그렇게 될 경우 건이 과연 남은 계약 기간 동안 최선을 다할까요?"

"젠장할. 그럼 확실한 의견을 말해봐."

알렉스 인터폴리스 부사장이 머리를 벅벅 긁었다. 평소 비듬과는 담을 쌓고 살아왔지만 요 며칠 새 박건호 때문에 스트레스를 받아서인지 정수리가 가려워 미칠 것만 같았다.

그런 알렉스 인터폴리스 부사장을 바라보며 세런 테일러가 조심스럽게 입을 열었다.

"3년 계약에 1억 달러."

"뭐, 뭐라고?"

알렉스 인터폴리스 부사장이 어처구니없다는 얼굴로 세런 테일러를 바라봤다. 이제 겨우 스무 살이 된 젊은 선수에게 3년간 1억 달러라니. 메이저리그 투수들 중에 세 번째로 많은 연봉을 안겨주라니. 그야말로 미친 소리처럼 들렸다.

하지만 세런 테일러의 말은 아직 다 끝난 게 아니었다.

"거기에 추가적으로 2천만 달러의 옵션을 포함해야 할 것 같아요."

"허……!"

알렉스 인터폴리스 부사장은 고개를 절레절레 흔들었다. 만약 자신이 구단주라면 이런 말도 안 되는 계약을 결코 승인하지 않을 것 같았다.

"차라리 장기 계약을 포기하자고. 그게 낫겠어."

알렉스 인터폴리스 부사장이 드러눕듯 소파에 기댔다. 박건호의 가치를 모르는 바는 아니지만 당장 내년 시즌에 어떻게 될지도 모르는 젊은 선수에게 슬레이튼 커쇼만큼의 대우를 해준다는 건 말이 되지 않는다고 생각했다.

그러나 세런 테일러의 생각은 달랐다.

"장기 계약을 포기하면, 또다시 60만 달러를 줄 건가요?"

"앤디 프리드먼 사장이라면 그럴지도 모르지. 하지만 난 그런 바보 같은 짓을 하면서 다저스 팬들에게 살해 협박을 받을 생각 없다고."

"건에게 정당한 대우를 해준다고 해도 최소 1천만 달러 이상은 안겨줘야 해요."

"그야 당연한 거고."

"좋아요. 올해는 그렇게 넘길 수 있다고 쳐요. 내년에는요? 건은 슈퍼 2 조항을 통해 연봉 조정 신청 자격을 얻을 거예요. 그리고 아마도 올해와 비슷한 수준의 활약을 펼치겠죠. 그럼 그때는 어떻게 할 거예요? 그때 가서 장기 계약을 제안할 건가요? 아니면 메이저리그 연봉 조정 위원회까지 가서 건의 연봉을 한 푼이라도 더 깎으려고 아등바등할 건가요?"

"그건……."

세런 테일러의 날 선 지적에 알렉스 인터폴리스 부사장도 할 말을 잃었다. 애당초 박건호의 장기 계약을 포기할 생각도 없었지만 이 악물고 포기한다고 한들 좋아지는 건 별로 없을 것 같았다.

올해 박건호에게 천만 달러를 안겨주고 생색을 내더라도 세런 테일러의 말처럼 박건호가 내년에도 사이영 상급 투구를 펼친다면?

그땐 최소 2배 이상의 연봉 인상이 불가피해진다. 그다음 해도 같은 일이 벌어진다면 박건호의 연봉은 메이저리그 최고 수준에 도달하게 될 것이다.

그리고 2년의 서비스 타임을 채워서 24살의 어린 나이에 FA가 된다면?

다저스는 천문학적인 돈을 준비하고도 박건호를 잡지 못하는 상황에 처하게 될 것이다.

거의 모든 메이저리그 선수가 합당한 대우를 중요하게 여긴다. 그러나 소속된 구단으로부터 양질의 대우를 받고 팬들의 전폭적인 지지를 받는다면 FA가 되더라도 굳이 다른 구단으로 옮기려 하지 않는다.

같은 대우나 조금 부족한 대우를 받더라도 소속 팀에 남으려 하는 경향이 더 크다. 메이저리그 각 구단들이 싹수가 노란 선수들에게 일찌감치 장기 계약을 제안하는 것도 말 그대로 프랜차이즈 스타로 키우기 위해서였다.

박건호는 모든 구단이 탐낼 만큼 프랜차이즈 스타로서의 자질을 갖추고 있었다.

번듯한 외모와 재능, 실력, 거기에 적당한 겸손함까지.

팬들로부터 사랑을 받을 수 있는 거의 대부분의 것을 가지고 있었다.

그런 박건호를 돈 몇 푼 아끼려다가 FA 때 놓쳐 버린다면 일단 다저스 팬들부터 가만있지 않을 것이다.

만에 하나 박건호가 자이언츠나 다이아몬드백스에 넘어가서 다저스의 포스트시즌 진출을 번번이 가로막기라도 한다면?

건의 저주가 시작됐다고 언론들도 떠들어 댈 것이다.

"알렉스, 아까 나한테 간단하게 생각하자고 했죠? 이제 알렉스 당신 차례예요. 간단하게 생각해요. 건에게 평생 다저스의 유니폼을 입힐지, 아니면 적당한 때에 결별할지 말이에요."

"만약 결별한다면…… 누가 건을 데려갈 수 있을까?"

"거의 모든 구단에서 건을 노리겠죠. 그중에서도 우승 가능성이 있는 돈 많은 구단이 건을 잡기 위해 사활을 걸 거예요."

"최소한 내셔널 리그 구단은 아니라면 좋겠는데……."

"그래도 결국 월드시리즈는 넘기 어려울 거예요. 봤잖아요? 월드시리즈에서 노히트노런과 퍼펙트게임을 기록한 거. 그건 어지간한 배짱으로는 불가능한 일이라고요."

"그래, 그렇겠지."

알렉스 인터폴리스 부사장이 고개를 주억거렸다. 전직 단장이자 다저스의 전문 경영 사장 자리를 노리는 사람으로서 박건호 하나를 어찌하지 못한다는 사실이 조금 분하긴 했지만 인정할 건 인정하는 수밖에 없었다.

2014년의 슬레이튼 커쇼는 역대급 선수였다. 만약 그때 슬레이튼 커쇼가 우승 가능성이 있는 구단으로 트레이드 됐다면 아마 지금까지 그 팀이 월드시리즈를 싹쓸이하고 있었을 것이다.

그리고 올해 박건호가 보여준 퍼포먼스는 2014년 슬레이튼 커쇼 이상이었다. 박건호의 잠재력과 가치 역시 슬레이튼 커쇼를 뛰어넘은 지 오래였다.

이런 선수를 다른 구단에 넘기고 자리보전을 하길 바란다는 것 자체가 난센스나 다름없었다.

"건이 FA가 되기 전에 내가 먼저 잘리게 되겠지?"

"아마도요. 그리고 알렉스는 다저스 역사상 최악의 구단 운영진으로 기록되겠죠."

"젠장. 상상만으로도 구역질이 날 것 같아."

알렉스 인터폴리스 부사장이 질끈 눈을 감았다. 이리저리 재고 따진들 달라지는 건 없었다.

결국은 수단과 방법을 가리지 않고 박건호를 주저앉히는 수밖에 없었다. 그나마 지금 그가 기대할 수 있는 건 MVP 수상자 명단에 박건호가 아니라 슬레이튼 커쇼의 이름이 적히는 것뿐이었다.

"MVP 발표까지 며칠 남았지?"

"이제 날이 지났으니 하루 남았어요."

"하아……. 너무 길잖아. 난 지금도 버티기 힘들다고."

"그건 저도 마찬가지예요. 초조해하는 당신 때문에 지금 이틀째 샤워도 하지 못하고 있다고요."

"정말? 그런데 왜 좋은 냄새가 나는 거지?"

"그야 독한 향수를 뿌렸으니까요."

"뭐야? 설마 날 남자로 의식하는 거야?"

"그런 농담할 시간에 인내심을 가져요. 알렉스, 당신이 참고 견디면 하늘이 당신에게 선물을 줄지도 모르니까요."

"제발 그랬으면 좋겠어."

알렉스 인터폴리스 부사장은 거의 뜬눈으로 밤을 새웠다. 그리고 초췌해진 얼굴로 MVP 투표 결과에 귀를 기울였다.

"제발, 제발!"

MVP 수상자 발표가 시작되자 알렉스 인터폴리스 부사장은 간절하게 두 손을 모았다. 그리고 잠시 후.

지이잉.

핸드폰으로 K라는 이니셜이 날아들자 두 손을 번쩍 들며 쉰 목소리로 만세를 불렀다.

하지만 세린 테일러와 감격의 포옹을 나누지는 못했다.

바로 직전에.

지이잉.

책상 위에 올려놓은 핸드폰이 다시 울어댄 것이다.

"알렉스, 잠깐만요. 메시지가 온 것 같은데요?"

"뭐? 그게 정말이야? 세린한테 온 거 아냐?"

"내 핸드폰은 지금 손에 쥐고 있잖아요. 나한테 온 거였으면 소음이 작았을 거라고요."

"젠장. 뭐지? 왜 갑자기 메시지가 온 거지?"

"혹시 다른 곳에서 축하 메시지 같은 게 온 게 아닐까요?"

"그렇지? 아무래도 그렇겠지?"

알렉스 인터폴리스 부사장이 조심스럽게 핸드폰을 들어 올렸다. 그러다 새로 떠오른 문자 메시지를 확인하고는 그 자리에 털썩 주저앉고 말았다.

36장
MVP(3)

커쇼, 건. 공동 수상 결정.

둘 중에 먼저 MVP로 뽑힌 건 슬레이튼 커쇼였다.

1위 표 8장과 2위 표 6장, 3위 표 7장, 4위 표 6장, 5위 표 3장을 받으며 282점을 획득해 강력한 라이벌인 박건호를 1점 차로 따돌리고 극적인 MVP 수상자로 선정됐다.

박건호는 1장당 14점이 배점된 1위 표 경쟁에서 6장으로 슬레이튼 커쇼보다 2장이 부족했지만 2위 표 10장, 3위 표 9장, 4위 표 5장을 받아 총 281점을 달성했다.

3위는 47개의 홈런을 담장 밖으로 넘기며 컵스의 지구 우승을 이끈 키스 브라이언트에게 돌아갔다.

박건호와 함께 1위 표를 6장 얻어내며 타자들 중 가장 강력한 MVP 후보로 떠올랐지만 3위 표와 4위 표 획득에 부진하면서 총점 260점을 기록했다.

4위는 45개의 홈런과 140타점을 기록한 로키스의 노런 아레나도가 차지했다. 1위 표 4장과 2위 표 2장으로 부진하게 출발했지만 6위 표 이내에서 전부 호명받으며 223점을 얻어냈다.

5위와 6위는 다저스 에이스 듀오와 함께 사이영 상 쟁탈전을 벌였던 자이언츠의 에디슨 범가너와 컵스의 제이슨 아리에타의 몫이었다.

각각 1위 표 3장, 2위 표 2장을 받아내며 분전했지만 최종 결과는 216점과 209점으로 슬레이튼 커쇼에 60점 이상 뒤처졌다.

이때까지만 해도 박건호는 MVP 투표 역사상 가장 안타까운 수상 실패자로 기록될 것 같았다. 그런데 갑작스럽게 투표 결과가 정정되면서 극적인 반전이 일어났다.

슬레이튼 커쇼의 5위 표 1장이 4위 표로 잘못 합산됐다는 사실이 뒤늦게 확인된 것이다.

4위 표와 5위 표가 1장씩 줄고 늘어나면서 슬레이튼 커쇼의 총점은 281점으로 줄어들었다.

그리고 그 점수는 박건호가 획득한 점수와 정확하게 일치

했다.

　슬레이튼 커쇼 & 건, 메이저리그 역사상 두 번째 MVP 공동 수상!

　NL MVP 투표 결과! 슬레이튼 커쇼=281=건!

　주요 언론들은 MVP 투표장에서 또 하나의 드라마가 만들어졌다고 보도했다. LA 언론들도 야구의 신이 슬레이튼 커쇼와 박건호를 동시에 선택했다며 떠들어 댔다.

　야구팬들도 이 극적인 명승부를 그냥 넘기지 않았다.

　└그래, 이게 맞아. 내가 뭐랬어? 슬레이튼 커쇼도 건도 MVP를 탈 자격이 충분하다고 했지?

　└그런데 이게 가능한 일이야? 어떻게 이런 일이 벌어질 수가 있는 거지?

　└이건 말도 안 돼. 뭔가 조작이 있는 게 틀림없다고.

　└조작은 무슨. 이런 일을 방지하기 위해서 1위 표에 14점의 점수를 줬잖아. 그런데도 동점이 나왔어. 그리고 공동 MVP는 이번이 처음도 아니야.

　└MVP 투표에서 동점이 나오면 어떻게 되는 거야? 결선 투표라도 하는 거야?

ㄴ그냥 같이 받는 거야, 멍청아.

ㄴMVP는 말 그대로 올 시즌 최고의 선수에게 주는 상이잖아. 두 명에게 주는 건 MVP가 아니지!

ㄴ이미 전례가 있다고 몇 번 말하냐. 1979년에 키스 에르난데스와 윌리 스타겔이 함께 MVP를 받았다니까?

ㄴ그건 40년 전 일이잖아. 그때 그 일이 벌어졌으면 MVP 투표 룰을 개정해야 하는 거 아냐?

ㄴ그럴 필요가 없으니까 그 전통을 쭉 유지해 온 거지, 멍청이들아. 그만 좀 투덜대. 어차피 너희는 다저스 팬도 아니잖아. 안 그래?

상당수의 야구팬은 흥미로운 결과가 나왔다고 좋아했다. 하지만 MVP의 가치를 중요하게 여기는 일부 팬은 공동 수상은 말도 안 된다고 발끈했다.

슬레이튼 커쇼의 팬들은 한편에서 또 다른 불씨를 지폈다.

ㄴ공동 MVP이긴 하지만 냉정하게 따져 볼 필요는 있어. 1위 표는 슬레이튼 커쇼가 가장 많다고.

ㄴ슬레이튼 커쇼가 건과 함께 MVP를 받았다는 사실에 대해서는 전혀 불만 없어. 다만 슬레이튼 커쇼가 1위 표가 더 많았다는 걸 다들 알아줬으면 해.

└슬레이튼 커쇼가 건보다 2배 이상 많은 1위 표를 받은 거야? 고작 2장 더 많은 것뿐이라고. 1, 2위 표를 합친 수는 건이 더 많아.

└1위 표와 2위 표는 의미가 다르지. 1위 표는 말 그대로 MVP라고 생각되는 선수에게 던진 표라고. 그러니까 1장에 14점을 주는 거잖아!

└맞아. 1위 표는 14점이고 2위 표는 9점이야. 1위 표와 2위 표는 엄연히 다르다는 소리야. 하지만 모든 기자가 건을 4위 표 이내에서 뽑았다는 것도 주목해 볼 만해. 건은 5위 표가 없어. 반면 슬레이튼 커쇼는 5위 표를 4장이나 받았다고.

└그런 말도 안 되는 억지가 어디 있어?

└그건 너희도 마찬가지 아냐? 건은 MVP 투표 룰에 따라 슬레이튼 커쇼와 함께 MVP를 받게 됐어. 1위 표가 두 장 더 많다고 해서 마치 건이 MVP를 받아서는 안 되는 것처럼 떠드는 거부터가 문제라고.

└다들 닥치고 이걸 봐. 1979년에 카디널스의 키스 에르난데르와 파이어리츠의 윌리 스타겔은 메이저리그 역사상 최초로 MVP를 공동 수상하게 됐지. 이때 윌리 스타겔이 얻어낸 1위 표는 자그마치 10장이야. 반면 키스 에르난데르는 1위 표를 4장밖에 받지 못했다고. 하지만 최종 투표 결과 둘은 216점으로 동점이 됐어. 이때도 논란이 있었지만 메이저리그는

둘에게 똑같은 MVP 트로피를 줬다고.

└맞아. 1979년에 비하면 이번 공동 수상은 문제 될 것도 없어. 1위 표 6장이면 84점 차이라고. 그 점수를 뒤집기란 말처럼 쉽지가 않아. 더 놀라운 건 월리 스타겔은 1위 표로 140점을 받고도 최종 점수가 216점에 그쳤다는 거야. 나머지 20명의 기자에게 고작 76점을 받았어. 인원수로 나누면 3.8점이라고. 생각해 봐. 10명의 기자가 메이저리그 최고의 선수라고 뽑았는데 나머지 20명의 기자는 고작 7위 표 정도를 던졌다면 그게 제대로 된 결과였겠어?

└내 말이 그 말이야. 슬레이튼 커쇼와 건은 5위 표 이내에서 30장의 표를 전부 받아냈다고. 그건 기자들의 성향에 따른 차이는 있겠지만 다들 슬레이튼 커쇼와 건을 올해 내셔널 리그 선수 중 첫손에 꼽았다는 의미가 돼.

└그래도 1위 표를 더 많이 획득한 슬레이튼 커쇼의 이름을 더 먼저 올려야 한다고 생각해.

└멍청아, 수상자 등록은 1위 표 순서가 아니라 알파벳 순서로 하는 거야. 그리고 슬레이튼 커쇼가 알파벳상 건보다 앞선다고.

사이영 상 투표에 대해 불만을 갖고 있던 슬레이튼 커쇼의 팬들은 MVP 투표 결과를 통해 어떻게든 슬레이튼 커쇼가 박건호보다 나은 투수라는 걸 증명하려고 발버둥을 쳤다.

그 때문에 다저스와 관련된 기사들마다 댓글 전쟁이 벌어졌다.

하지만 이 같은 소모성 전쟁은 슬레이튼 커쇼가 SNS에 사진 한 장을 올리면서 잠잠해졌다.

이봐, 친구들. 나 혼자 건을 독차지해서 미안한데 오늘만 봐줘. 꿈에도 생각하지 못했던 즐거운 일이 벌어져서 너무 행복하다고.

사진 속에서 슬레이튼 커쇼는 박건호와 부둥켜안고 MVP 공동 수상의 기쁨을 함께했다. 뒤이어 올라온 사진들 속에서도 슬레이튼 커쇼는 박건호와 뜨거운 브로맨스를 과시했다.

└뭐야, 커쇼! 내가 누구 때문에 이렇게 열이 받아 있는데, 넌 지금 건과 다정하게 사진을 찍고 있는 거야?
└정신 차려 커쇼! 네 MVP의 반쪽을 도둑맞은 거라고!
└대체 무슨 생각으로 이런 사진을 올린 거야? 우리가 틀렸다고 말하고 싶은 거야?
└이건 실망이다. 커쇼, 이건 아니야. 널 지지하는 팬들에 대한 도리가 아니라고.

일부 극성팬은 슬레이튼 커쇼의 SNS에 들러붙어 불만을 쏟아내기도 했다.

하지만 슬레이튼 커쇼는 눈 하나 까딱하지 않았다. 오히려 보란 듯이 박건호와 함께 찍은 사진들을 올리면서 자신과 박건호 사이를 이간질하려는 여론을 원천 차단해 버렸다.

"팬들을 너무 자극하는 거 아니에요?"

"이런 녀석들은 팬이 아냐. 그저 어떻게든 너와 내가 다투길 바라는 이간질쟁이들이지."

"그래도 그중에는 진심으로 커쇼를 아끼는 팬도 많을 거라고요."

"그래도 상관없어. 시간이 지나면 내 진심이 전해질 테니까."

사이영 상 투표 이후 포기하다시피 했던 생애 두 번째 MVP 트로피를 받아서일까. 슬레이튼 커쇼는 자신의 MVP 수상에 그 어떤 잡음이 생기는 걸 원치 않았다.

게다가 공동 수상의 상대는 다른 팀 선수도 아닌 박건호였다. 사이영 상 투표에서 멀찍이 자신을 따돌린 다저스의 미래와 누가 진짜 MVP인지를 따지는 것만큼 부끄러운 짓도 없다고 여겼다.

하지만 박건호도 마음이 편치는 않았다. 상당수의 야구팬이 자신의 MVP 수상이 공정했다고 지지해 주고 있긴 하지만 그 과정에서 슬레이튼 커쇼가 구설에 오르는 걸 보고 싶지 않았다.

"커쇼, 나하고 사진 한 장 찍어요."

"아까 많이 찍었는데 또?"

"그건 커쇼만 잘 나왔다고요. 나도 내가 잘 나오게 사진을 찍어봐야죠."

박건호가 씩 웃으며 발그레하게 취한 슬레이튼 커쇼를 옆에 끌어다 앉혔다. 그리고 신호도 주지 않고 사진을 찍어버렸다.

"자, 잠깐! 건. 이건 좀 이상하잖아! 내 눈이 빨갛다고!"

"눈뿐만 아니라 얼굴도 빨갛다고요. 그러니까 술 좀 적당히 마시라니까요."

"그런데 그거 SNS에 올리거나 하진 않을 거지?"

"그야 물론이죠. 이게 떠돌아다니면 흑역사가 될 거라고요."

"흑…… 뭐?"

"찌질했던 학창 시절에 찍은 것 같은 사진이 될 거란 이야기예요."

"젠장. 생각만으로도 속이 울렁거리는데?"

슬레이튼 커쇼는 외부에 유출하지 않겠다는 박건호의 말을 철석같이 믿었다. 하지만 박건호는 주정뱅이처럼 변해 버린 슬레이튼 커쇼의 사진을 자신의 SNS에 보란 듯이 올려 버렸다.

미안해요, 커쇼. 이 좋은 사진을 나만 볼 수는 없잖아요. 안 그래요? 그리고 MVP 진심으로 축하해요. 이번 MVP는 당신이 차지하는 게 맞아요. 올 한 해 정말 고마웠어요, 에이스.

슬레이튼 커쇼의 극성팬들을 의식한 것만은 아니라는 걸 증명하듯 박건호는 추가로 한 장의 사진을 더 올렸다. 사진 속에서 박건호는 술에 취해 노숙자처럼 웃고 있는 슬레이튼 커쇼의 허리를 끌어안고 힘껏 들어 올리고 있었다.

물론 193㎝의 키에 100㎏이 넘는 슬레이튼 커쇼를 번쩍 들어 올리기란 불가능한 일이었다. 하지만 그런 모습만으로도 성난 슬레이튼 커쇼의 팬들을 진정시키기에 충분했다.

┗봐, 보라고. 건이 슬레이튼 커쇼를 들어 올리려고 하고 있어!

┗하하. 혼자 헹가래라도 쳐 주려는 건가? 정말 보기 좋은데?

┗슬레이튼 커쇼와 건은 저렇게 잘 지내는데 대체 우리가 무슨 짓을 하고 있는 거지?

┗복에 겨웠던 거야. 위대한 에이스와 그 에이스만큼 위대해질 에이스를 함께 응원하고 있다 보니 잠깐 배가 불렀던 거라고.

여전히 일부 악성 팬이 분탕질을 계속했지만 정상적인 슬레이튼 커쇼의 팬들은 더 이상 MVP 논쟁에 끼어들지 않았다.

오히려 박건호의 진심에 화답하듯 슬레이튼 커쇼와 어깨를 나란히 할 수 있는 선수는 건뿐이라며 박건호를 치켜세워 주었다.

이렇듯 팬들 간의 갈등이 빠르게 봉합되자 다저스 구단에서도 구단 SNS를 통해 메이저리그 최고의 에이스들과 함께할 수 있어서 영광이라는 메시지를 전달했다.

하지만 정작 다저스 구단 수뇌부들의 표정은 밝지 못했다. 생각지도 못한 공동 MVP 수상으로 인해 출혈이 커졌기 때문이다.

"젠장! 빌어먹을! 이 멍청한 기자 놈들이 대체 무슨 짓을 저지른 거야?"

MVP 결과가 발표된 지 일주일이 지났지만 앤디 프리드먼 사장은 좀처럼 흥분을 가라앉히지 못했다.

오히려 짜증만 늘었다. LA 언론에서 슬레이튼 커쇼와 박건호를 무조건 잡아야 한다고 나날이 압박 수위를 높였기 때문이다.

"앤디, 진정해요. 어차피 슬레이튼 커쇼와 박건호의 계약 문제는 알렉스 부사장이 전담하기로 했잖아요."

파렐 자이디 단장이 나쁜 일만은 아니라고 말했다. 만약 이번에 알렉스 인터폴리스 부사장이 슬레이튼 커쇼와 박건호의 계약을 매끄럽게 성사시키지 못한다면 구단 이사들과 투자자들은 다시 앤디 프리드먼 사장에게 지지를 보낼지 몰랐다.

그러나 앤디 프리드먼 사장은 상황이 그리 간단하지 않다고 일축했다.

"그래서? 모든 걸 알렉스에게 떠넘기고 구경만 하자고? 바보 같은 소리 마. 슬레이튼 커쇼와 박건호, 둘 중에 한 명이라도 놓친다면 우리도 무사하지 못할 거라고."

"물론 우리 자리도 위태롭긴 하겠죠. 마크 윌리엄 구단주가 외부에서 다른 운영자를 영입해 올지도 모르고요. 하지만 구단 운영을 하다 보면 그 정도는 감수해야 하는 거잖아요."

"왜? 몇몇 구단에서 사장 자리를 제안받더니 벌써 마음이 뜬 거야? 다저스를 나가고 싶어? 그렇다면 혼자 나가라고. 나는 아직 그럴 생각이 전혀 없으니까."

바로 얼마 전까지만 해도 파렐 자이디 단장은 앤디 프리드먼 사장 쪽 사람이었다. 스스로도 그런 세간의 평가를 부정하지 않았으며 실제로도 중요한 결정은 앤디 프리드먼 사장과 함께해 왔다.

하지만 다저스가 월드시리즈에서 우승하면서 앤디 프리드먼 사장과 파렐 자이디 단장의 관계가 어긋나기 시작했다.

알렉스 인터폴리스 부사장과 공을 나눠야 하는 앤디 프리드먼 사장과 달리 파렐 자이디 단장은 우승 프리미엄을 톡톡히 누리게 된 것이다.

파렐 자이디 단장은 내심 알렉스 인터폴리스 부사장이 슬레이튼 커쇼나 박건호와의 계약 문제로 잡음을 내주길 바랐다.

그리고 그 여파로 앤디 프리드먼 사장까지 같이 휩쓸리길 기대했다. 그렇게만 된다면 공석이 된 다저스의 운영 사장 자리에 앉게 될지도 몰랐다.

마크 윌리엄 구단주가 새로운 운영 사장을 데려온다 하더라도 구단 내부 사정에 정통한 조력자가 필요할 테니 최소한 부사장 자리 정도는 차지할 수 있을 것 같았다.

그러나 앤디 프리드먼 사장은 알렉스 인터폴리스 부사장의 입지가 흔들리는 걸 원치 않았다.

만약 다른 일 같았다면 그 역시도 파렐 자이디 단장처럼 한 걸음 물러나 알렉스 인터폴리스 부사장의 위기를 즐겁게 관람했겠지만 다저스의 현재와 미래에 대한 문제였다.

만에 하나 이 일이 잘못될 경우 알렉스 인터폴리스 부사장은 물론이고 자신도 그에 따른 책임을 질 수밖에 없었다.

"슬레이튼 커쇼의 에이전트는 대체 얼마를 원하는 거지?"

앤디 프리드먼 사장이 파렐 자이디 단장과 동석한 제리 맥기 부단장을 바라봤다.

그러자 제리 맥기 부단장이 파렐 자이디 단장의 눈치를 힐끔 본 뒤에 두어 번 헛기침을 내뱉으며 말을 이었다.

"아직 정확하게 금액을 꺼내놓진 않았다고 들었습니다. 알렉스 인터폴리스 부사장이 7년에 3억 달러를 제안했다고 하던데 썩 마음에 들어 하지 않는 눈치입니다."

"7년에 3억 달러면 연평균 얼마야? 4,500만 달러쯤 되나?"

"4,286만 달러 정도 될 겁니다. 올 해 커쇼가 받는 연봉보다 700만 달러가 많죠."

"그런데도 재고 있단 말이야?"

"아무래도 건을 의식하고 있겠죠. 못해도 건보다 1천만 달러 이상은 더 받으려는 것 같습니다."

"미치겠군."

앤디 프리드먼 사장이 고개를 흔들어 댔다. 그러자 파렐 자이디 단장이 불난 집에 부채질을 해댔다.

"그러게 내가 뭐랬습니까. 슬레이튼 커쇼가 아니라 건을 밀어야 한다고 했죠?"

"시끄러워!"

"슬레이튼 커쇼에게 갔던 1위 표 중 한 장만 건에게 갔다고 생각해 봐요. 이렇게 고민하는 일 따위는 일어나지 않았을 겁니다."

"시끄럽다고 했지!"

"난 그저 이 모든 게 욕심을 부린 결과라는 걸 말하고 싶은 겁니다."

MVP 투표 직전 앤디 프리드먼 사장은 슬레이튼 커쇼가 MVP가 되어야 한다며 투표권을 가진 미국 야구 기자 협회 소속 여러 기자를 설득해 왔다.

실력이 우선시 되는 사이영 상과 달리 MVP는 팀에 대한 헌신과 공헌도가 크게 작용하는 만큼 박건호의 수상을 저지할 수 있을 거라 여겼다.

이 같은 노력 덕분에 슬레이튼 커쇼는 사이영 상 투표의 부진을 만회하고 가장 많은 8장의 1위 표를 확보해 냈다. 하지만 결과는 박건호와 공동 수상이었다. 상상조차 하지 않았던 최악의 상황이 벌어진 것이다.

다저스 구단의 운영을 책임지는 앤디 프리드먼 사장 입장에서 최선은 다른 선수가 MVP를 타는 것이었다.

박건호와 슬레이튼 커쇼의 퍼포먼스에 가려지긴 했지만 컵스의 키스 브라이언트와 로키스의 노런 아레나도도 수상 가능성은 충분했다.

실제 기자들도 MVP 투표에서 타자들에게 상위 표를 던지는 경향이 높으니 기대를 가져 볼 만했다.

하지만 만에 하나 슬레이튼 커쇼와 박건호, 둘 중에 한 명이 MVP를 타야 한다면?

앤디 프리드먼 사장은 그 선수가 슬레이튼 커쇼이기를 바랐다. 재정적인 문제를 포함해 박건호보다는 슬레이튼 커쇼와 더 가까웠기 때문이다.

그런데 멍청한 기자들이 슬레이튼 커쇼와 박건호를 공동 MVP로 만들면서 일이 단단히 꼬여 버렸다.

파렐 자이디 단장은 꼬인 실타래를 풀어야 하는 건 알렉스 인터폴리스 부사장이라고 선을 그었지만 그건 하나만 아는 소리였다.

슬레이튼 커쇼와 박건호의 요구 조건을 전부 맞추다 보면 천문학적인 비용이 들 수밖에 없었다.

그 과정에서 문제가 발생한다면 결국 앤디 프리드먼 사장의 무분별한 중남미 선수 영입이 다저스의 재정 건전성을 헤쳤다는 이야기까지 나올 수밖에 없었다.

앤디 프리드먼 사장은 그동안 실력 있는 어린 선수를 싼값에 데려오겠다는 목적으로 중남미 선수들을 영입해 왔다. 하지만 그들 중에 실제로 대박을 친 경우는 없었다. 야르엘 푸이그처럼 조금 반짝하다 인성 문제로 무너져 내리는 선수가 대부분이었다.

유망주들에게 쓸데없이 돈을 쏟아부으면서 앤디 프리드먼 사장은 FA 시장에 소극적으로 대처했다.

다저스에 걸맞은 슈퍼스타의 영입보다 이미 한물갔다고 평가받는 선수들에게 돈을 썼다.

LA 언론들은 그들에게 줄 돈을 아껴 제대로 된 선수 한 명을 데려오는 게 낫다고 지속적으로 주장했지만 앤디 프리드먼 사장은 자신의 방식은 틀리지 않았다고 고집을 부렸다.

그런데 고작 135만 달러에 다저스 유니폼을 입은 박건호가 대박을 치면서 앤디 프리드먼 사장의 독선에 제동이 걸리고 말았다.

박건호와 함께 입단했던 5천만 달러의 사나이 야디에르 알베스가 힘겹게 5선발 경쟁을 치르는 동안 박건호는 고작 60만 달러의 연봉으로 사이영 상과 월드시리즈 MVP, 그리고 시즌 MVP까지 휩쓸었다.

그 과정에서 앤디 프리드먼 사장의 지나친 남미 선수 사랑이 몇 차례 이사회 안건으로 올라간 상황이었다.

그런데 재정적인 문제로 슬레이튼 커쇼와 박건호를 확실히 붙잡아 두지 못한다면?

그때는 단순한 질책 정도로 끝나지 않을 터였다. 아마 그동안 실패해 왔던 선수 영입 문제가 전부 까발려질 게 틀림없었다.

앤디 프리드먼 사장은 그런 식으로 우승팀에서 쫓겨나고 싶지 않았다.

아니, 당분간은 다저스를 떠날 생각이 없었다. 자신이 구상했던 다저스는 아니지만 어쨌든 다저스 왕조가 시작되려 하고 있었다.

앤디 프리드먼 사장은 가능하다면 다저스 왕조가 끝날 때까지 운영 사장 자리에 자신의 명패를 놔두고 싶었다.

"슬레이튼 커쇼의 에이전트를 내가 직접 만나 보는 게 좋겠어."

한참의 고민 끝에 앤디 프리드먼 사장이 어렵게 결단을 내렸다. 그러자 파렐 자이디 단장이 이해할 수 없다는 표정을 지었다.

"그 일은 알렉스 부사장에게 일임했잖아요?"

"슬레이튼 커쇼의 에이전트는 내가 더 잘 알아. 상대가 만만하다 싶으면 배짱을 부리는 성격이야. 알렉스가 왕창 뜯기게 놔둘 순 없다고."

"그렇다면 차라리 건의 에이전트를 만나는 게 낫지 않겠어요?"

"나도 마음 같아선 그러고 싶어. 하지만 내가 건의 에이전트를 만났다간 알렉스가 가만있지 않을 거라고."

"예전에 건의 입단을 방해한 게 신경 쓰이는 건 아니고요?"

"시끄러워! 파렐! 대체 넌 어느 구단 단장이야?"

"나야 당연히 다저스 단장이죠. 그렇지 않다면 내가 왜 이 방에서 앤디의 잔소리를 듣고 있겠어요. 안 그래요?"

파렐 자이디 단장이 이죽거리듯 말했다. 예전 같으면 앤디 프리드먼 사장의 눈치를 살피기에 급급했겠지만 월드시리즈 우승 팀 단장이 되어서일까. 자신도 모르게 목에 힘이 들어 갔다.

"크윽! 도와주지 않을 거면 입 다물어! 아니, 나가. 가서 일 보라고!"

참다못한 앤디 프리드먼 사장이 악을 내질렀다. 그러자 파렐 자이디 단장이 기다렸다는 듯이 자리에서 일어났다.

"그러죠. 하지만 이것 하나는 분명히 해두자고요. 건을 못 잡아먹어서 안달이었던 건 누가 뭐래도 앤디, 당신이에요. 난 당신이 시키는 대로 한 잘못밖에 없다고요."

파렐 자이디 단장이 보란 듯이 앤디 프리드먼 사장과 선을 그었다.

파렐 자이디 단장의 만행을 코앞에서 지켜봐 왔던 제리 맥기 부단장이 어처구니없다는 표정을 지었지만 정작 파렐 자이디 단장은 당당하기만 했다.

"만에 하나 문제가 생기더라도 날 끌어들일 생각은 하지 않는 게 좋을 거예요. 나 역시 가만있지 않을 테니까요."

쾅 하고 문을 닫고 사라진 파렐 자이디 단장을 바라보며 앤디 프리드먼 사장이 눈매를 일그러뜨렸다.

마음 같아선 파렐 자이디 단장을 다시 불러다가 호통을 치고 싶었지만 애석하게도 지금은 그럴 상황이 아니었다.

"어떻게 할 건가, 제리. 자네도 파렐을 따라 나갈 텐가? 아니면 다저스를 위해 날 도와줄 텐가?"

앤디 프리드먼 사장이 다시 제리 맥기 부단장을 바라봤다. 그러자 제리 맥기 부단장이 무겁게 한숨을 내뱉었다.

"다저스를 위해서라면…… 돕겠습니다."

"그래, 그래야지. 그렇다면 일단 자네와 가까운 투자자들과 자리부터 마련해 주게."

"어려운 일은 아닙니다만 직접 투자를 요청하시게요?"

제리 맥기 부단장의 질문에 앤디 프리드먼 사장이 쓴웃음을 지었다. 운영 사장 체면상 그런 궂은일까지 해야 한다는 게 씁쓸하기만 했다. 하지만 지금은 다른 방도가 없었다. 자신이 직접 나서서 투자자들을 설득하지 못한다면 다저스 운영 사장으로 지내왔던 지난날들의 모든 게 송두리째 부정당할지 몰랐다.

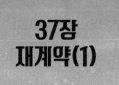

37장
재계약(1)

1

대체 건에게 얼마를 줘야 하는 거야?

이른 새벽. 10만 명의 회원을 자랑하는 한 야구 커뮤니티 사이트에 분탕질의 향기가 가득 느껴지는 글이 하나 올라왔다.

회원들은 욕 댓글을 써 갈기기 위해 해당 글을 클릭했다. 그러다 박건호와 관련한 수많은 데이터로 가득한 내용을 보고는 태도를 바꿨다.

└일단 기준이 있어야 하는데, 기준으로 삼을 만한 선수가

있을까?

└1900년대부터 찾아본다면 똑같진 않더라도 기준으로 삼을 만한 선수가 있긴 하겠지. 하지만 물가의 차이를 고려하면 직접적인 비교 대상으로 삼기 어렵다고.

└아니, 내 생각은 달라. 건을 다른 누군가와 비교한다는 거 자체가 무의미할 거 같아.

└동의해. 데뷔 첫해 신인왕을 타고 2년 차 때 사이영 상과 MVP를 휩쓸었다고. 이건 영화에서나 나올 이야기야.

└다들 비웃겠지만 나는 건이 마블에서 만든 새로운 야구 히어로일지도 모른다는 생각을 해.

└아니, 전혀. 나 역시 월드시리즈에서 건이 보여주었던 퍼포먼스를 보고 소름이 돋았으니까.

└자꾸 이야기가 새는데, 그래서 건에게 얼마를 주어야 하는 거야? 천만 달러? 2천만 달러?

└그런 재미없는 농담은 너희 팀 선수에게나 써먹으라고.

└뭐야? 그럼 더 많은 돈을 줘야 한다는 거야? 서비스 타임을 2년도 채우지 못한 선수에게?

└자, 내 말을 들어봐. 멍청아. 네 팀에 아무렇게나 데려온 투수가 있어. 그런데 이 투수가 18살에 메이저리그에 올라와서 신인상을 타더니 19살에는 투수 부분 트리플 크라운을 달성하며 사이영 상과 MVP까지 차지해 버렸어. 게다가 이 투

수는 체격 조건이 좋고 투구 밸런스도 우수해. 최고 구속은 무려 106mile/h(≒170.6km/h)이 나온다고.

└그것도 9회까지 100mile/h(≒160.9km/h) 이상을 유지하는 괴물이지. 심지어 좌완이고 말이야.

└그만, 그만 말해. 그래, 내 실수야. 젠장. 건이 괴물 같은 놈이라는 건 충분히 알고 있다고.

└아니, 건은 더 이상 괴물이 아냐. 건을 괴물이라고 부르려면 메이저리그에서 괴물이라는 표현 자체를 건에게만 써야 한다고.

게시물이 올라가고 1시간도 채 되지 않아 해당 게시물에는 1,000개의 댓글이 달렸다.

그러자 운영자가 새로운 게시물을 추가로 올렸다. 사이트 원칙상 한 게시물에 남길 수 있는 댓글이 1,000개로 제한되어 있었기 때문이다.

└자, 자. 이제부터 보다 건설적인 이야기를 해보자. 건이 얼마나 대단한지 떠들 필요 없어. 이 게시판에 댓글을 남기러 들어온 모든 이가 알고 있을 테니까. 가끔 헛소리를 지껄이는 놈들은 내버려 둬. 야구를 전혀 모르는 얼간이거나 분란을 일으키려는 쓰레기들일 테니까.

└좋아, 그럼 내가 먼저 시작해 보지. 일단 나는 다저스가 건에게 8년 계약을 요구해야 한다고 봐. 건의 서비스 타임은 이제 4년밖에 남지 않았고 4년 후면 FA가 될 거야. 장기 계약을 하려면 FA 이후 4년간은 건을 데리고 있을 필요가 있어.

└건을 최대한 오래 붙잡아 둬야 한다는 점은 찬성이야. 하지만 돈은? 건을 1년 붙잡아 둘 때마다 얼마나 많은 지출을 해야 하는지 모르는 건 아니겠지?

└내가 듣기로 다저스 구단은 건에게 4년 계약을 제안한다고 하던데?

└미쳤어? 그러다 건이 FA로 풀리면 어쩌자는 거야?

└건은 1년 차 때 172일을 다 채우지 못했어. FA가 되려면 서비스 타임 6년을 꽉 채워야 하니까 건의 FA는 1년 늦어질 거야.

└그렇다 하더라도 계약이 끝나면 고작 1년 남는 셈이잖아. 그때 다저스가 엄청난 계약을 안겨주지 못한다면 건을 놓치게 되고 만다고.

└나는 다저스의 생각도 나쁘지 않다고 봐. 건이 최고의 투수인 건 확실하지만 다저스 입장에서도 건이 슬레이튼 커쇼만큼 꾸준한 활약을 펼쳐 줄지는 지켜봐야 할 거라고. 그런 점에서 FA 전까지 단기 계약을 맺어서 재정적인 부담을 낮추는 것도 좋을 것 같은데?

└그러다 건이 4년 연속 사이영 상을 수상하면? 다른 구단 팬인 너는 코웃음을 치겠지만 다저스 팬들은 앞으로 4년간 건 때문에 슬레이튼 커쇼가 사이영 상을 차지하지 못할 거란 사실에 슬퍼하고 있다고. 알아? 만약 건이 4년 연속 사이영 상을 휩쓸고 MVP도 두 번 정도 더 차지한다면 어쩔 건데? 그다음에 건에게 얼마나 많은 돈을 주어야 할지 생각은 하고 있는 거야?

└일단 난 뼛속부터 다저스 팬이야. 내가 가지고 있는 다저스 선수들의 저지만 30벌이 넘는다고. 내 동생과 우리 부모님, 할아버지, 삼촌들이 가지고 있는 저지를 더하면 100벌은 넘을걸? 그러니까 날 다른 구단 팬이라고 몰아붙이지 마.

└그래, 네가 다저스 팬이라는 건 인정해. 하지만 어째서 넌 구단의 입장을 대변하는데? 건의 입장은 생각하지 않는 거야?

└잠깐만. 중간에 끼어들어서 미안한데 난 네가 오히려 구단의 입장을 대변하고 있는 거 같은데? 난 네 말대로 건이 충분히 좋은 활약을 펼칠 거라고 확신해. 그렇기 때문에 4년 계약을 지지하는 거라고.

└넌 뭐야? 갑자기 무슨 헛소리를 하는 거야?

└잘 들어봐. 지금 건이 보여준 건 건이 앞으로 보여줄 수 있는 수많은 기적의 일부에 불과하다고. 너도 마찬가지겠지

만 난 건이 평생 다저스의 유니폼을 입길 원해. 하지만 그러기 위해서는 합당한 대우를 해줘야 한다고.

ㄴ거기까진 나와 생각이 같아. 그런데 어째서 내가 구단의 편을 든다는 거지?

ㄴ다저스는 자선 사업 단체가 아냐. 팬들이 원한다고 해서 건에게 엄청난 돈을 안겨주지 않을 거라고. 지난 2년간의 활약상에 앞으로의 기대치를 살짝 더해서 건에게 연봉을 주려 하겠지. 하지만 8년 이상의 장기 계약을 한다면 어떨까? 다저스는 위험부담을 줄인다는 명목으로 계약 후반에 건의 연봉을 몰아넣을 거야. 8년간 2억 4천만 달러에 계약을 한다 하더라도 건이 내년에 3천만 달러를 수령하는 일 따위는 일어나지 않을 거라고.

ㄴ그야 어쩔 수 없는 거잖아. 장기 계약은 어느 정도 위험 부담이 포함될 수밖에 없으니까.

ㄴ바로 그게 네가 구단의 입장을 대변하고 있다는 이야기라고. 난 건이 앞으로도 꾸준히 활약하리라고 봐. 한두 해 부진할 수는 있겠지만 그 부진의 기준은 MVP를 받긴 힘들겠어, 정도지 사이영 상 후보에도 포함되지 않을 정도는 아니라고 생각해. 물론 부상을 당한다면 이야기는 다르겠지만 부상은 구단과 선수, 팬들이 함께 떠안아야 할 문제니까 제쳐 두자고. 그래서 난 다저스 구단이 지난 2년간의 건을 보고 앞으로 4년

간의 건을 사길 바라고 있어. 물론 합당한 가격으로. 그리고 그 4년간 건의 눈부신 활약상을 본 뒤에 앞으로 100년간 깨지지 않을 엄청난 계약을 안겨주길 원해.

└후우……. 이제 네가 무슨 말을 하는지 이해했어. 하지만 그렇게 되면 건은 4년간 편히 쉬지도 못하고 미친 듯이 공을 던져야 할 거라고. 8년의 장기 계약을 맺으면 그중에 2년 정도는 숨 고르기를 해도 괜찮을 거 같은데?

└물론 장기 계약을 한 선수 대부분이 크고 작은 기복을 보이고 그 정도는 구단과 팬들도 용인해 주니까 건에게도 장기 계약이 도움이 될지도 모른다는 생각은 들어. 하지만 건이 보다 정당한 대가를 받으려면 4년 정도 계약이 더 좋다고 봐.

회원들은 박건호의 계약 기간을 두고 이견을 보였다. 하지만 다저스의 재정 상태를 걱정하는 의견은 극소수에 불과했다. 슬레이튼 커쇼의 재계약 문제를 고려해야 한다는 의견도 금세 묻혀 버렸다. 거의 대부분의 회원이 오로지 박건호의 입장에서 유불리를 따졌다.

└보니까 양쪽 의견 다 타당한 것 같아. 장단점도 있는 것 같고. 그런데 너희, 중요한 걸 간과하고 있어. 계약 기간을 따지기 전에 먼저 박건호에게 얼마를 줘야 하는지부터 생각해

야 하는 게 아닐까?

ㄴ그게 무슨 멍청한 소리야. 계약 기간에 따라 총액도 늘어나는 거 몰라?

ㄴ물론 그 정도는 알고 있지. 내가 하고 싶은 말은 연평균 연봉을 먼저 정해놓고 이야기하자는 거야. 이게 벌써 네 번째 게시물이라고. 그런데 아직도 계약 기간으로 다투고 있잖아. 나는 우리가 생각하는 박건호의 가치를 다저스 구단이 알아야 한다고 봐. 그런 의미에서 솔직하게 말해보자고. 나부터 시작할까? 나는 연평균 3,500만 달러는 줘야 한다고 생각해.

ㄴ3,500만 달러는 너무 적어. 건을 오래 붙들려면 4천만 달러는 줘야 한다고.

ㄴ건은 아직 2년 차잖아. 4천만 달러는 지나쳐. 3,200만 달러면 적당할 거 같은데?

ㄴ3,200만 달러? 지금 장난해? 올해 그 정도 받는 투수들 중에 건만큼 던진 게 누가 있지?

ㄴ나도 알아. 슬레이튼 커쇼를 빼면 가져다 댈 투수조차 없는 거. 하지만 3천만 달러 정도를 받는 투수는 대부분 대단한 커리어를 가지고 있다고. 건이 2년 만에 엄청난 성과를 보이긴 했지만 연봉 3천만 달러급 투수들이 쌓아올린 커리어를 단숨에 뛰어넘는 건 한계가 있어.

ㄴ구단에서 연봉을 책정할 때 기준이 과거일 것 같아, 아니

면 미래일 것 같아? 물론 과거도 보겠지. 하지만 구단이 원하는 건 미래라고. 미래. 장기 계약을 맺고 3천만 달러를 받는 투수들 중 상당수는 계약 후반기에 좋은 성적을 기대하기 어려워. 전성기가 지나 있을 테니까. 하지만 건은 달라. 8년 계약을 해도 스물여덟에 끝날 테고 10년 계약을 해도 서른이야. 15년 계약을 한다고 해도 아마 건은 잘 던질걸?

ㄴ와우, 내 생각과 정확하게 일치하는 사람을 만나다니 정말 반가운걸? 이 말을 이해 못 하는 사람들을 위해 내가 쉽게 설명을 해볼게. 잘 들어봐. 32살의 투수가 있어. 사이영 상을 1번 수상했고 연평균 15승과 180이닝은 기대해 볼 만한 에이스급 투수야. 어떤 구단이 이 선수와 7년에 2억 1천만 달러에 계약을 했다고 치자고. 이 정도면 어느 정도 합당한 금액이잖아. 그렇지? 그런데 말이야. 구단은 이 32살의 투수가 39살이 될 때까지 15승과 180이닝을 책임져 줄 거라고 정말로 기대하는 걸까? 천만에. 구단이 기대하는 건 잘해야 4년 정도야. 이후의 3년은 앞의 4년간의 활약으로 보전받는 거지. 최악의 경우 다른 구단에 연봉 보전을 해주고 떠넘기거나 할 생각일 거야.

ㄴ누구나 아는 이야기를 더 어렵게 설명하고 있는 거 같은데?

ㄴ자, 이제부터가 시작이니까 잘 들어보라고. 이 32살의 투

수가 첫 4년간은 구단의 기대에 부응하다 남은 3년간 하락세를 탄다고 가정하자고. 그리고 구단이 원하는 만큼의 성적을 냈을 때 1점을 주는 거야.

└구단이 예상했던 것보다 잘하면 가산점을 주는 거야?

└아니지. 다년 계약상 추가 연봉을 주기 어려우니까 무의미해. 구단의 기준점 이상이면 무조건 1점이고 그 이하면 소수점 아래로 떨어지는 거고.

└오케이. 이해했어.

└일단 첫 4년간 1만큼 제 몫을 다했으면 4점이야. 남은 3년을 다 더해서 1.5만큼 활약했다면 7년간 총합은 5.5야. 계약 총액 2억 1천만 달러를 이 5.5로 나누면 어떨 거 같아? 놀라지 마. 무려 3,800만 달러가 넘는다고. 연평균 연봉보다 실질적으로 800만 달러가 늘어나는 거야. 다시 말해 연평균 3천만 달러처럼 보이는 계약이 실제로는 연평균 3,800만 달러의 계약과 다를 바 없다는 이야기라고.

└바로 이거야. 이게 내가 하고 싶었던 말이라고. 너 대단하구나? 어쨌든 이 계산대로라면 건은 평균 연봉을 더 받을 필요가 있어. 구단이 건에게 8년 중 5년 정도의 활약만 기대하고 2억 4천만 달러를 제안할 리는 없어. 건은 그때도 전성기일 테니까.

└저 계산을 통해 역산해 보자. 7년 계약 시 기대치가 5.5

라면 8년 계약이면 대충 6 정도 되겠지? 그런데 건에게 8년간 2억 4천만 달러를 준다면 그건 실제로 연평균 3천만 달러가 아니라 연평균 4천만 달러의 계약이 되어버려. 건이 3년 정도 부진할 거라고 감안했을 때 말이야. 그런데…… 이제 스무 살이 되는 건이 스물여덟 살에 전성기에서 내려올 거라고 생각하는 바보 멍청이가 있을까?

└건에게 서른이 넘는 FA 투수들의 계약을 가져다 붙일 필요 없어. 상황이 전혀 다르니까. 간단하게 생각하자고. 다저스가 건에게 연평균 15승과 2점대 평균 자책점, 그리고 사이영 상 투표 5위 안을 기대한다면 3천만 달러도 적당하다고 봐. 그런데 너희들, 정말 이 정도로 만족할 거야? 건이 더 잘할 수 있는데 이 정도 연봉만 줘서 건의 사기를 꺾을 거냐고?

└내가 생각하는 건의 기대치는 연평균 18승과 1점대 평균 자책점. 그리고 빈번한 사이영 상 수상이야. 만약 이게 가능한 투수를 붙잡아야 한다면 3천만 달러로는 어림없어. 최소 4천만 달러는 안겨줘야 한다고. 왜냐고? 이건 슬레이튼 커쇼도 버거운 일이니까.

└그렇다면 슬레이튼 커쇼는? 건에게 연평균 4천만 달러를 주면 슬레이튼 커쇼에게는 얼마를 줘야 하는데?

└너 아까부터 자꾸 슬레이튼 커쇼를 들먹이며 논점을 흐리는데 잘 들어. 슬레이튼 커쇼는 메이저리그 최고 투수로서

충분한 대우를 받았어. 본인은 만족하지 못할지 모르겠지만 지난 몇 년간 슬레이튼 커쇼보다 많은 연봉을 받은 투수는 없다고.

└슬레이튼 커쇼는 아직 전성기야. 게다가 이제 서른이 됐지. 다저스가 슬레이튼 커쇼와 몇 년 계약을 맺을지는 모르겠지만 계속해서 메이저리그 최고 연봉 기록을 지키기란 쉽지 않을 거야. 건이 있으니까.

└슬레이튼 커쇼에게는 위에 나왔던 계산을 적용해 볼 필요가 있어. 올해 커리어 하이 시즌을 보내며 MVP도 받았으니 연평균 연봉을 4천만 달러 이상 올라가겠지. 하지만 실질 연봉은 어마어마할걸? 7년, 아니, 8년 정도 계약을 하고 그중 3년 정도는 너그럽게 봐준다면 기대치는 6이고, 8년에 3억 2천만 달러를 받더라도 실제로 기여 대비 받는 연봉은 5,300만 달러가 넘는다고. 이건 어마어마한 금액이야.

└아마 슬레이튼 커쇼의 에이전트는 더 많은 돈을 받으려고 할 거야. 건이 자신의 고객을 뛰어넘는 걸 원치 않을 테니까. 하지만 다저스도 건과 재계약을 해야 하는 상황이야. 슬레이튼 커쇼에게 무조건 많은 돈을 퍼줄 수는 없어.

└시끄럽고 내 생각은 간단해. 슬레이튼 커쇼에게 연평균 4,200만 달러, 건에게 연평균 3,300만 달러. 이렇게만 해도 매해 7,500만 달러의 지출이 발생해. 게다가 우리에겐 재능 있

는 선수가 많다고.

ㄴ맞아. 작 피터슨과 코일 시거뿐만 아니라 안과 마이클 리드도 신경 써줘야 해.

ㄴ오스틴 번은 왜 빼는데?

ㄴ아, 미안. 오스틴 번도 추가.

ㄴ야디에르 알베스는?

ㄴ그 녀석은 이미 다년 계약을 맺었다고. 아마 루키들 중에서는 가장 많은 돈을 받고 있을걸?

ㄴ어쩐지. 시즌 막판에 대충 던지더라니.

ㄴ그런 확인되지 않은 이야기는 함부로 떠드는 게 아냐. 어쨌든 이제 정리 좀 하자고. 댓글들 쫓아 읽다가 날 새우겠어.

ㄴ4천만 달러 정도 받아야 한다는 의견이 많고 3천만 달러 초반을 말하는 사람도 많아. 그렇다면 3,500만 달러가 절충안일까?

ㄴ3,500만 달러면 충분히 의미 있는 연봉이라고 봐. 투수들 중에서는 슬레이튼 커쇼 다음일 테니까.

ㄴ나도 찬성. 3,500만 달러.

ㄴ3,500만 달러에 사이 영상 보너스 500만 달러, MVP 보너스 500만 달러 옵션을 건다면 나도 찬성.

ㄴ오오, 이거 좋은데?

ㄴ그래, 뭔가 허전하다고 했는데 바로 이거였어.

└MVP 보너스는 1천만 달러로 올려야 하지 않을까? 사이영 상은 적수가 없더라도 MVP는 모든 타자와 경쟁해야 하잖아.

└맞아. 사이영 상 500만 달러에 MVP 1천 만 달러. 이게 좋겠다.

└이 글 다저스에서 모니터링 하고 있겠지?

└그야 당연하지. 우리 사이트가 얼마나 큰데?

└크흐흐. 누가 보고할지 모르겠지만 앤디 프리드먼 얼굴이 볼만할 거 같은데?

└지금껏 쓸데없이 돈 뿌린 거 생각하면 앤디는 화낼 자격이 없다고.

처음 게시물이 작성되고 다저스 구단 직원 중 하나가 6시간 뒤 해당 게시물을 확인했을 때는 이미 28개의 추가 게시물과 2만 7천여 개의 댓글 그리고 이 게시물로부터 파생된 수백여 개의 게시물이 커뮤니티를 뜨겁게 달궈놓은 상태였다.

"이거 괜히 보고했다가 욕만 먹는 거 아닌가 모르겠네."

직원은 해당 게시물들을 정리해 상부에 보고했다. 그리고 그 보고서는 곧장 앤디 프리드먼 사장과 알렉스 인터폴리스 부사장에게 전달됐다.

"보고서는 확인해 봤나?"

"봤습니다. 대단하던데요. 자신들이 지불하는 거 아니라고 선심을 팍팍 쓰더라고요."

"동감이야. 그들 중 몇 명을 데려다가 구단 운영에 참여시키고 싶은 심정이라고."

"아마 이 자리에 앉고 나면 알게 되겠죠. 구단이 돈을 찍어내는 은행이 아니라는 사실을 말입니다."

평소라면 상대방의 사무실을 방문하는 것조차 꺼려 했을 테지만 슬레이튼 커쇼와 박건호의 재계약을 성공리에 완수해야 한다는 공동의 과제를 안게 된 이후로 앤디 프리드먼 사장과 알렉스 인터폴리스 부사장은 임시 휴전을 선언했다.

괜히 서로 감정 대립을 하다가 계약이 틀어져 다저스에서 쫓겨나느니 서로 정보를 공유하며 힘을 합치는 편이 낫다고 판단한 것이다.

"일단 팬들은 건에게 3,500만 달러 정도를 쥐어줘야 만족할 듯합니다."

"이제 3년 차에 접어드는 투수에게 3,500만 달러라. 나중에 이 계약을 두고 무슨 말이 나올지 두려울 정도야."

"물론 팬들의 기대처럼 건이 잘 던져 주기만 한다면야 문제될 건 없겠죠. 올해만큼은 아니지만 2점대 초반의 평균 자책점에 18승, 180이닝만 꾸준히 소화해 준다면 3,500만 달러도 과한 건 아닐 테고요."

"하지만 그렇게 될 거란 보장이 없잖아."

"그래서 말인데 이 옵션 부분을 조금 강화해서 전체적인 계약을 조율하는 것도 나쁘지 않을 것 같습니다."

"옵션? 사이영 상과 MVP 말이야?"

"네, 물론 대부분의 스타플레이어도 장기 계약 시 옵션을 걸긴 하지만 그건 어디까지나 보너스적인 성격이 크니까요. 사이영 상을 탔다고 해서 수백만 달러씩 안겨주는 일은 없죠. 솔직히 메이저리그 양대 리그에서 최고가 되어야 받을 수 있는 거잖아요."

"그래서? 기준 연봉을 한 2천만 달러 정도로 낮출 생각이야?"

"하하. 앤디, 농담 말아요. 건이 날 미워하다 못해 증오하게 만들 생각이에요?"

"그렇다면 얼마를 생각하는데?"

"기준 연봉은 3천만 달러로 잡고 사이영 상과 MVP는 물론 각종 투수 부문 타이틀과 올스타, 그리고 포스트시즌 성적에 이르기까지 모든 부분에서 전부 옵션을 걸어버릴 생각입니다."

"그러다 배보다 배꼽이 더 커지는 거 아냐?"

"물론 옵션에 상한선은 걸어야겠죠."

"얼마나? 천만 달러?"

"그건 슬레이튼 커쇼의 연봉에 달려 있어요."

"……뭐?"

"모든 옵션을 다 채우면 슬레이튼 커쇼의 연봉을 뛰어넘게 만들 겁니다. 적어도 그 정도는 되어야 건에게도 확실한 동기부여가 될 테니까요."

알렉스 인터폴리스 부사장이 씩 웃었다.

비록 앤디 프리드먼 사장과 잠시 손을 잡긴 했지만 그건 어디까지나 임시 동맹에 지나지 않았다.

이번 계약 문제가 잘 마무리되고 내년 시즌이 시작된다면 알렉스 인터폴리스 부사장과 앤디 프리드먼 사장은 여느 때처럼 서로를 잡아먹기 위해 으르렁댈 수밖에 없었다.

그런 점에서 알렉스 인터폴리스 부사장은 단순히 어리고 경험이 적다는 이유만으로 박건호에게 말도 안 되는 계약 조건을 내밀 생각이 없었다.

솔직히 할 수만 있다면 슬레이튼 커쇼에 준하는, 더 솔직히 말하자면 슬레이튼 커쇼보다 나은 계약 조건으로 박건호의 확실한 신뢰를 얻고 싶었다.

하지만 정말로 그런 짓을 저질렀다간 박건호와 슬레이튼 커쇼라는 메이저리그 최강의 사이영 상 듀오를 앞세워 다저스 왕조를 건설하겠다는 꿈은 물거품이 될지도 몰랐다.

그래서 알렉스 인터폴리스 부사장은 야구팬들의 의견을 수

렴해 새로운 계약을 준비했다.

메이저리그 최고 연봉 선수라는 명예는 슬레이튼 커쇼가 가져갈지 몰라도 외부적으로 알려지지 않은 옵션을 잔뜩 집어넣어 박건호가 실리를 챙길 수 있도록 말이다.

물론 수많은 옵션을 전부 다 달성하기란 현실적으로 쉬운 일이 아니었다.

그러나 만에 하나 정말로 박건호가 이 모든 옵션을 이뤄낸다면?

그때는 당연히 슬레이튼 커쇼보다 더 많은 돈을 안겨줘야 했다. 설사 박건호가 3년 차 메이저리그 투수라 하더라도 말이다.

"젠장, 끝까지 해보겠다 이거로군."

알렉스 인터폴리스 부사장의 속내를 읽은 앤디 프리드먼 사장이 미간을 찌푸렸다.

슬레이튼 커쇼와의 재계약 문제를 선선히 넘길 때부터 수상쩍다 싶었는데 이런 꿍꿍이를 가지고 있을 줄은 미처 예상하지 못한 얼굴이었다.

그러나 알렉스 인터폴리스 부사장도 계약 문제로 두고두고 뒷말이 나도는 건 원치 않았다.

"슬레이튼 커쇼에게는 건이 옵션 계약을 한다는 사실을 넌지시 일러주는 게 좋을 것 같습니다."

"뭐? 미쳤어? 슬레이튼 커쇼가 자존심이 얼마나 강한지 몰라?"

"알죠. 아니까 하는 말입니다."

"아니까 하는 말이라니. 대체 무슨 말을 하고 싶은 거야?"

"슬레이튼 커쇼가 자존심이 강한 건 그만큼 실력이 뛰어나기 때문입니다. 보다 많은 연봉을 바라는 것도 슬레이튼 커쇼가 메이저리그 최고의 투수이기 때문이죠. 물론 건이 등장한 이후로 이야기는 조금 달라졌지만 말이죠."

"그걸 알면서도 슬레이튼 커쇼의 자존심을 건드리겠다는 거야?"

"꼭 그렇게만 생각할 필요는 없습니다. 슬레이튼 커쇼도 커리어만 앞세워서 건보다 더 많은 연봉을 받고 싶어 하진 않을 테니까요."

"그렇게 생각하는 근거는?"

"입장을 바꿔 생각하면 됩니다. 맥 그레인키가 다이아몬드 백스에서 어마어마한 돈을 받은 게 슬레이튼 커쇼보다 좋은 투수여서일까요? 아니면 그가 쌓아올린 커리어 때문일까요?"

"물론 그 해에 맥 그레인키가 사이영 상급 피칭을 선보이긴 했지만 커리어가 상당 부분 차지했겠지."

"바로 그겁니다. 슬레이튼 커쇼는 자신보다 실력은 떨어지지만 먼저 데뷔를 해서 상대적으로 많은 커리어를 쌓아올린 투수들이 자신에 버금가는 연봉을 받는 걸 달가워하지 않을 겁니다."

"그러니까…… 슬레이튼 커쇼가 맥 그레인키를 보며 불만을 가진 만큼 건이 슬레이튼 커쇼에게 불만을 가질지도 모르는 상황을 슬레이튼 커쇼가 부담스러워할 거라 이거야?"

"건은 입단 때부터 슬레이튼 커쇼가 우상이라고 말했습니다. 그러니 슬레이튼 커쇼도 건에게 보여주고 싶을 겁니다. 자신을 우상이자 목표로 삼은 게 잘못되지 않았다는 사실을 말이죠. 그런데 만에 하나 내년에도 올해 같은 일이 벌어지면요? 건이 투수 부분 트리플 크라운에 이어 사이영 상과 MVP 2연패에 성공한다면요? 슬레이튼 커쇼가 마음 편히 메이저리그 최고 연봉을 받을 수 있을까요?"

"못 받을 것도 없지. 돈을 싫어하는 선수가 누가 있나?"

"그건 에이전트들이 협상을 위해 떠드는 이야기고요. 까놓고 말해서 슬레이튼 커쇼가 돈만 밝혔다면 매년 우승 후보로 꼽히지만 30년째 월드시리즈 문턱도 밟아보지 못했던 팀에 남아 있었을 리 없었겠죠."

알렉스 인터폴리스 부사장의 말처럼 슬레이튼 커쇼는 지금껏 다저스를 위해 헌신해 왔다.

정확하게는 다저스이기 때문에 헌신해 왔다는 표현이 더 알맞았다. 그만큼 슬레이튼 커쇼는 다저스를 사랑했다. 그리고 다저스 유니폼을 입고 마운드에 올라가는 걸 당연하게 여겼다.

당연하게도 슬레이튼 커쇼는 자신의 옵트 아웃이 박건호와의 재계약에 영향을 끼친다는 사실을 알고 있었다.

자신이 많은 걸 원할수록 박건호에게 돌아가는 게 줄어들 거라는 사실도 모르지 않을 터였다. 그렇다고 에이스의 자존심상 박건호를 위해 연봉의 일부를 양보해 달라고 부탁할 수는 없는 노릇이었다.

"젠장. 그래서? 나는 슬레이튼 커쇼에게 뭐라고 설명을 해야 하지? 이게 어쩔 수 없는 현실이라고 말하라는 거야?"

"슬레이튼 커쇼에게 당당히 말하세요. 메이저리그 최고 대우를 해주겠다고. 단 최고의 자리를 지켜 달라고. 건에게도 그 자리를 쉽게 양보하지 말라고 말이에요."

"젠장할! 그러다 슬레이튼 커쇼와의 계약이 잘못되기라도 하면 네가 책임질 거야?"

"그걸 내가 왜 책임져야 합니까? 앤디, 말은 똑바로 하자고요. 슬레이튼 커쇼의 재계약은 앤디가, 건의 장기 계약은 내가 맡기로 한 거 아니었어요?"

"서로 돕기로 했잖아!"

"그러니까 내 전략을 전부 털어놓은 거잖아요."

"젠장. 말이나 못하면……."

앤디 프리드먼 사장이 입술을 질근 깨물었다.

얄밉긴 하지만 틀린 말은 아니었다. 만에 하나 알렉스 인터 폴리스 부사장이 한마디 상의도 없이 박건호와 옵션 가득한 장기 계약을 맺었다면 그동안 슬레이튼 커쇼와 쌓았던 신뢰 가 와르르 무너져 내렸을 것이다.

"그러니까 자네 말은 최고 연봉을 결정하는 걸 슬레이튼 커 쇼와 건, 두 사람에게 맡기자 이거지?"

"그렇죠. 슬레이튼 커쇼와 건이 서로 다른 팀에서 뛰고 있 다면 또 모르겠지만 다저스 유니폼을 입고 있는 순간만큼은 그게 옳지 않겠어요?"

"후우······. 좋아. 어디 한번 해보자고. 하지만 명심해. 만에 하나 이 방법이 통하지 않을 경우 자넬 가만두지 않을 테니까."

"하하, 앤디. 걱정 말아요. 분명 좋은 결과가 있을 겁니다."

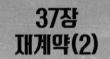

37장
재계약(2)

앤디 프리드먼 사장은 걱정 가득한 얼굴로 슬레이튼 커쇼와 저녁 약속을 잡았다. 그 자리에는 슬레이튼 커쇼의 아내와 에이전트가 함께 동석했다.

"커쇼, 일단 내 말을 오해하지 말고 들어줬으면 좋겠어."

적당히 분위기가 무르익자 앤디 프리드먼 사장이 알렉스 인터폴리스 부사장이 준비하고 있는 박건호의 계약 내용에 대해 전했다.

"앤디! 그게 지금 말이 된다고 생각해요?"

예상대로 에이전트는 발끈했다. 더 들을 필요도 없다며 슬레이튼 커쇼에게 나가자고 소리쳤다. 하지만 슬레이튼 커쇼의 생각은 달랐다.

"그러니까 건이 올해만큼의 성적을 거둔다면 내년 시즌 건의 연봉이 나보다 많아질 거란 이야기죠?"

"너무 기분 나빠 하진 마. 어디까지나 만약에라는……."

"아니, 아니에요. 앤디. 좋은 아이디어 같아요."

"……뭐?"

"적어도 올해 성적만 놓고 보자면 건이 나보다 많은 연봉을 받는다 해도 할 말은 없어요. 게다가 건의 활약 덕분에 나도 이 우승 반지를 손에 넣을 수 있게 됐죠. 앤디, 농담이 아니라 난 진심으로 건에게 감사하고 있어요."

슬레이튼 커쇼가 아내의 손에 끼워진 반지를 바라보며 말했다. 슬레이튼 커쇼의 아내도 동의하듯 슬레이튼 커쇼의 손을 꼭 잡아주었다.

모든 걸 다 갖췄다고 평가받는 슬레이튼 커쇼가 지난 몇 년간 가장 간절히 원했던 건 다름 아닌 우승 반지였다. 다저스의 우승 반지를 손에 넣을 수만 있다면 악마와도 계약을 할 수 있을 것 같았다.

그런데 혜성처럼 나타난 박건호가 자신을 뛰어넘는 활약을 펼치면서 다저스 팬들이 지난 30년 동안 염원했던 우승을 이뤄주었다. 덕분에 슬레이튼 커쇼도 다저스의 에이스로서 오랫동안 짊어져 왔던 무거운 책임감으로부터 해방될 수 있었다.

생애 첫 우승 반지를 받았을 때, 그리고 그 반지를 아내의 손에 끼워줬을 때 슬레이튼 커쇼는 한 가지 다짐을 했다. 가능하다면 은퇴하기 전까지 최대한 많은 우승 반지를 모으겠다고 말이다.

세 차례의 사이영 상, 두 차례의 MVP, 그리고 한 차례 우승.

메이저리그 경력 11년 차의 투수치고는 어마어마한 커리어를 쌓아올렸지만 슬레이튼 커쇼는 아직 배가 고팠다. 마운드 위에서 호령할 수 있는 시간이 줄어들기 전에 또 다른 우승 반지를 추가하고 싶었다. 그러기 위해서는 박건호의 호투가 절실히 필요했다.

물론 슬레이튼 커쇼도 박건호에게 뒤처지지 않기 위해 최선을 다할 생각이었다. 올해 박건호가 기록했던 성적을 뛰어넘고 다저스의 진짜 에이스가 누구인지 모두에게 보여줄 생각이었다.

하지만 그렇다고 해서 불공정한 경쟁을 할 생각은 없었다.

"그렇게 해줘요, 앤디."

"……뭐라고?"

"당신의 제안. 받아들이겠다고요."

슬레이튼 커쇼는 군말 없이 계약서에 사인을 했다. 에이전트가 미친 짓이라고 열을 냈지만 슬레이튼 커쇼는 조금도 망설이지 않았다.

슬레이튼 커쇼. 재계약 완료! 계약 기간 8년 3억 5천만 달러 추정!

다저스! 슬레이튼 커쇼와 8년 계약 체결!

슬레이튼 커쇼! 영원히 다저스 에이스로 남는다!

슬레이튼 커쇼, 지안카를로 스텐든 제치고 메이저리그 계약 총액 1위 등극!

이틀 뒤. 슬레이튼 커쇼의 계약 소식이 터져 나왔다.

계약 총액은 언론에 알려진 것처럼 3억 5천만 달러.

사이영 상을 비롯해 MVP 등에 최대 200만 달러의 보너스가 걸려 있는 걸 차치하더라도 슬레이튼 커쇼가 순수하게 챙기는 연봉만 연평균 4,375만 달러에 달했다.

다저스의 발표와 동시에 슬레이튼 커쇼는 메이저리그 최초의 연평균 4천만 달러 선수가 됐다.

메이저리그 투수 최초 총액 3억 달러를 돌파했으며 지안카를로 스텐든이 기록했던 3억 2,500만 달러(계약 기간 13년)를 뛰어넘는 메이저리그 최고의 계약을 이끌어 냈다.

하지만 전문가들은 다저스가 비교적 합리적인 계약을 맺었다고 평가했다.

"몇몇 언론은 슬레이튼 커쇼의 평균 연봉이 4,500만 달러에 달할 거라고 전망했죠. 저 역시 4,500만 달러 근처에서 계약을 맺을 거라고 예상했지만 다저스는 제 예상보다 800만 달러 정도를 아꼈습니다. 연평균 200만 달러의 보너스가 있긴 하지만 그건 말 그대로 보너스니까요. 이 정도면 성공한 계약이라고 봐도 무방할 것 같습니다."

"2014년 계약 이후 지난 5년간 슬레이튼 커쇼는 2번의 MVP와 1번의 사이영 상을 수상했습니다. 아울러 올 시즌에는 다저스를 월드시리즈 정상에 올려놓았죠. 몇몇 사람은 다저스가 미쳤다고 말할지 모릅니다. 하지만 슬레이튼 커쇼의 평균 연봉은 본래 받았던 연봉보다 700만 달러 정도밖에 늘어나지 않았어요."

"슬레이튼 커쇼는 올해 서른 살이 됐습니다. 그리고 계약이 끝날 때쯤이면 서른여덟 살이 되어 있을 겁니다. 만약에 슬레이튼 커쇼의 전성기가 2014년이었다면 나는 이 계약을 부정적으로 평가했을 겁니다. 하지만 올 시즌 슬레이튼 커쇼는 커리어 하이 시즌을 보내며 건과 함께 공동 MVP를 수상했습니다. 다시 말하자면 슬레이튼 커쇼의 전성기는 아직 끝나지 않은 셈이죠."

"내 계산이 맞다면 아마 다저스는 향후 5년간 큰 무리 없이 월드시리즈에 올라갈 겁니다. 내셔널 리그의 다른 구단들에게는 정말 미안한 이야기지만 전성기가 끝나지 않은 슬레이튼 커쇼와 메이저리그 최고의 투수가 될 만한 재능을 갖춘 건이 버티고 있는 한 다저스 이외의 구단이 월드시리즈 무대를 밟을 가능성은 없어 보입니다."

"한 가지 놀라운 건, 이 어마어마한 계약에 옵트 아웃이나 팀 옵션이 걸려 있지 않다는 겁니다. 다시 말해 슬레이튼 커쇼는 8년간 다저스에서 뛰어야 하고 다저스도 8년간 슬레이튼 커쇼와의 계약을 해지할 수 없다는 이야기인데요."

"참고로 슬레이튼 커쇼는 메이저리그 11년 차 선수입니다. 11년 내내 다저스에서 활약했죠. 슬레이튼 커쇼가 원하지 않는 한 다저스는 슬레이튼 커쇼를 그 어떤 구단에도 보낼 수가 없습니다."

"다저스 구단 입장에서는 그야말로 큰 결심을 한 겁니다."

"하지만 이 계약이 실패한 계약으로 기록될 것 같은 느낌이 들지 않는 건 왜일까요?"

"그야 아직까지는 그가 메이저리그 최고의 투수니까요."

전문가들은 올 시즌 MVP를 수상한 슬레이튼 커쇼를 메이저리그 최고 투수로 예우했다.

객관적인 성적만 놓고 보자면 박건호가 앞설지 모르지만 우주 최강이라 불리는 슬레이튼 커쇼의 이름값을 넘어서기에는 아직 무리라는 시각이 많았다.

그러나 박건호가 슬레이튼 커쇼를 뛰어넘는 대투수가 될 거라는 점에 대해서는 감히 그 누구도 이견을 보이지 않았다.

"이제 남은 건 건의 장기 계약 소식인데요."

"알렉스 인터폴리스 부사장이 매일같이 건의 호텔을 찾아가고 있다고 합니다."

"이런, 아직 건이 호텔에 머무르고 있는 건가요?"

"하하, 어쩔 수 없죠. 지금까지 건이 다저스 구단에서 수령한 돈이라고 해봐야 200만 달러 정도밖에 안 될 테니까요."

"장기 계약과 함께 다저스 구단에서 건에게 새로 머물 집을 선물하는 건 어떨까요?"

"아마 계약 옵션 중에 포함되어 있을 가능성이 높습니다. 건의 안전이 곧 다저스의 안전이니까요."

"그런데 과연 건은 얼마나 받을 수 있을까요?"

"글쎄요. 일단 계약 기간에 따라 다르겠지만 슬레이튼 커쇼에게 어마어마한 지출을 했으니 건에게도 충분한 대우를 해 줄 것이라 예상됩니다."

전문가들은 박건호의 장기 계약을 두고 다양한 이야기들을 쏟아냈다.

계약 기간에 따라 총액이 달라지긴 했지만 대부분 연평균 3,500만 달러 선에서 계약이 이루어질 것이라고 내다봤다.

그러나 이틀 후 발표된 박건호의 장기 계약 내용은 전문가들의 예상을 크게 빗나가 버렸다.

계약 기간 8년에 총액 3억 달러.

슬레이튼 커쇼의 계약이 나온 지 고작 이틀 만에 두 번째 3
억 달러 계약이 터져 나온 것이다.

"뭐, 뭐야?"

언론을 통해 박건호의 계약 소식을 전해 들은 앤디 프리드
먼 사장의 눈이 커졌다. 최대 5년 기준에 1억 5천만 달러 정도
일 거라 예상했던 박건호의 계약 총액이 두 배로 껑충 뛰어 있
었다.

"이런 미친 인간 같으니!"

앤디 프리드먼 사장은 곧장 알렉스 인터폴리스 부사장에게
전화를 걸었다. 알렉스 인터폴리스 부사장이 자신과 슬레이
튼 커쇼를 이간질하기 위해 거짓 정보를 흘렸다고 오해한 것
이다.

하지만 알렉스 인터폴리스 부사장은 앤디 프리드먼 사장을
속이지 않았다.

─오해하지 마요, 앤디. 계약 기간이 길어지면서 총액이 늘
어난 것일 뿐 실질적으로는 4년에 1억 2천만 달러 계약이니
까요.

"뭐? 그게 확실한 거야?"

-그렇지 않아도 계약서 사본 보냈으니까 확인해 보라고요.

"젠장, 기다려 봐."

앤디 프리드먼 사장이 비서를 호출했다. 때마침 비서의 손에 알렉스 인터폴리스 부사장이 보낸 박건호의 장기 계약서 사본이 들려 있었다.

"거짓말이기만 해봐."

앤디 프리드먼 사장은 전화도 끊지 않고 계약서를 훑기 시작했다. 그렇게 십여 분간 꼼꼼히 살피고서야 길게 한숨을 내쉬었다.

-어때요? 내 말이 틀리지 않았죠?

"그래. 4년째 옵트 아웃이 걸려 있으니 자네 말이 틀린 건 아니라고 치자고. 그런데 왜 8년이지?"

-건의 자존심도 살려줘야 했으니까요.

"자존심? 무슨 자존심? 슬레이튼 커쇼에 버금간다는 자존심?"

-그 자존심은 옵션을 통해 얼마든지 해결할 수 있죠. 하지만 아시아 최고 투수라는 자존심은 아무래도 연봉 총액을 통해 세워줘야 할 것 같아서요.

"아시아 최고 투수?"

-잊었어요? 작년에 매리너스 놈들이 오타니 쇼헤에게 1억

7,800만 달러를 안겨줬잖아요. 포스팅 비용을 포함해 거의 2억 달러 정도를 썼는데 건에게 5년 계약을 제안해 버리면 자존심이 상하지 않겠어요?

본래 알렉스 인터폴리스 부사장은 5년짜리 계약을 가지고 브라이언 최을 찾아갔다.

계약 총액은 1억 5,500만 달러.

1년째부터 4년째까지 3천만 달러를 수령한 뒤 4년째 옵트아웃을 선언하지 않을 경우 마지막 해에 3,500만 달러를 받는 내용이었다.

물론 순수 보장 금액과 별도로 개인 성적에 따른 보너스 옵션을 주렁주렁 달아놓았다.

15승을 넘을 시 추가로 100만 달러.

20승을 넘을 시 추가로 100만 달러.

평균 자책점 2점대 이하일 시 추가로 100만 달러.

평균 자책점 1점대 이하일 시 추가로 100만 달러.

탈삼진 200개 이상 시 50만 달러.

탈삼진 300개 이상 시 추가로 50만 달러.

180이닝 이상 소화 시 추가로 100만 달러.

200이닝 이상 소화 시 추가로 100만 달러.

연평균 3천만 달러의 최소 기준이 180이닝에 15승, 2점대 평균 자책점, 탈삼진 200개 정도의 활약이라는 점을 분명하게 밝힌 것이다.

그뿐만이 아니다.

올스타 선정 시 100만 달러 보너스.

사이영 상 수상 시 500만 달러 보너스.

MVP 수상 시 300만 달러 보너스.

다저스 팬들이 선정한 올해의 선수로 뽑힐 시 100만 달러 보너스.

옵션에 포함된 보너스를 전부 받아낸다면 박건호의 연봉은 4,700만 달러에 달한다. 보너스를 제외한 슬레이튼 커쇼의 연봉보다 325만 달러나 많은 셈이었다.

알렉스 인터폴리스 부사장은 브라이언 최가 이 계약 조건을 받고 뒤로 넘어가지나 않을까 걱정했다.

실제로 자신이 고함을 지르면 911에 신고하라고 비서인 세런 테일러에게 언질을 해두었을 정도였다.

하지만 정작 브라이언 최는 마음에 들지 않는다는 표정을 지었다.

"뭐가…… 잘못됐습니까?"

"아니요. 전반적으로 계약 조건에 대해서는 만족합니다. 슬레이튼 커쇼의 자존심도 세워줘야 했을 테니 구단의 입장도 충분히 이해하고요. 다만……."

"다만?"

"아닙니다. 제 입으로 떠들기에는 좀 그렇네요."

브라이언 최는 박건호와 조금 더 이야기해 보겠다며 자리에서 일어났다. 알렉스 인터폴리스 부사장이 다급히 브라이언 최를 잡아봤지만 달라지는 건 없었다.

"젠장, 뭐지? 대체 뭐가 문제지?"

"보장 금액이 너무 적었던 거 아닐까요? 언론에서는 3,500만 달러 정도는 받을 거라고 떠들어 댔으니까요."

"망할 언론들 같으니! 만약 이번 계약이 틀어지면 그놈들을 전부 고소해 버릴 거야!"

"법원에서 고소를 받아줄지는 모르겠지만 일단은 그런 상황까지 가지 않도록 만들어야죠."

"후우……. 젠장. 뭐야? 대체 뭘 빼먹은 거지?"

"잠깐만 기다려 봐요. 나도 기사들을 찾고 있으니까."

세런 테일러는 한국인 직원을 통해 한국 쪽 기사들을 정리해 보내라고 지시했다.

그리고 한 시간 뒤, 브라이언 최가 불만스러워하는 이유를 찾아냈다.

"알렉스! 이거예요. 이거!"

"뭐야? 뭔데?"

"아시아 최고 투수요."

"……뭐?"

"브라이언 최는 건을 아시아 최고 투수로 만들고 싶었던 거라고요."

"그게 뭔 소리야? 건은 이미 메이저리그 최고 투수잖아. 이제 와 그런 게 뭐가 중요한데?"

"그게 아니라 오타니 쇼헤가 매리너스와 1억 7,800만 달러에 계약했잖아요."

"아……! 그 이야기였어?"

알렉스 인터폴리스 부사장이 뒤늦게 무릎을 쳤다. 박건호가 워낙에 뛰어난 활약을 펼친 탓에 시즌 초 언론에서 박건호와 오타니 쇼헤를 비교했다는 사실을 잠시 잊고 있었다.

"하긴. 그때 시애틀 언론에서 건을 대놓고 무시했었지."

"어디 시애틀 언론뿐인가요? 다저스에 적대적인 언론들은 전부 오타니 쇼헤를 치켜세웠죠. 심지어 일본 언론에서는 어땠는데요? 대놓고 1억 7,800만 달러와 60만 달러 투수의 맞대결이라고 떠들어댔는데요?"

"뭐? 그랬어? 그걸 왜 이제야 말하는 거야?"

"하아……. 알렉스. 예전 일이라고 기억 못하나 본데 그때

그 기사 보고 한참 웃어댔거든요? 60만 달러 투수가 1억 7,800만 투수를 무너뜨렸다면서요."

"크흠, 내가 그랬었나?"

"어쨌든 브라이언 최 입장에서는 이번 기회에 건의 자존심을 세워 주고 싶었을 거라고요. 그런데 연평균 금액부터 시작해 연봉 총액까지 오타니 쇼헤보다 못한 계약서를 가지고 왔으니 기분이 좋을 리 없겠죠."

"빌어먹을. 그런 건 좀 진즉 체크해 뒀으면 좋잖아."

"어쨌든 계약 기간을 늘려야 해요. 4년째 옵트 아웃은 유지하되 좀 더 그럴 듯한 포장을 해야 한다고요."

"그럼 몇 년을 해야 하는데? 6년? 아니지. 아니야. 7년은 해야겠는데?"

알렉스 인터폴리스 부사장이 즉석에서 계산기를 두드렸다.

같은 조건으로 6년 계약을 할 경우 계약 총액은 1억 9천만 달러. 오타니 쇼헤의 계약 총액보다 1,200만 달러가 많았다. 하지만 오타니 쇼헤 측에서 포스팅 비용인 2천만 달러를 포함시켜 버리면 계산이 틀어졌다.

반면 7년 계약을 하고 마지막 7년째 연봉으로 4천만 달러를 추가한다면 총액을 2억 3천만 달러까지 늘릴 수 있었다. 8년 총액 3억 5천만 달러를 기록한 슬레이튼 커쇼에 이어 메이저리그 역대 투수 계약 총액 2위를 기록하게 되는 것이다.

물론 선수들의 몸값 상승이 가파른 만큼 박건호가 계속해서 순위를 지키기란 쉽지 않아 보였다. 하지만 이번 계약의 포인트는 4년 후 옵트 아웃 행사인 만큼 그때 재계약을 통해 얼마든지 자존심을 회복할 수 있었다.

　그러나 세런 테일러는 그 정도로는 브라이언 최을 만족시키지 못할 거라고 단언했다.

　"7년에 2억 3천만 달러라 해도 연평균으로 따지면 3,285만 달러에 불과해요. 참고로 포스팅 비용을 포함한 오타니 쇼헤의 평균 연봉은 3,300만 달러고요."

　"젠장. 고작 15만 달러 차이잖아. 게다가 포스팅 비용을 왜 연봉에 집어넣는 건데?"

　"그 포스팅 비용 속에 오타니 쇼헤의 가치가 포함되어 있으니까요. 그리고 고작 15만 달러 차이면 더 주는 게 좋지 않을까요?"

　"후우……. 이것 참 골치 아프게 만드는군. 그래서 얼마를 더 줘야 하는데? 2억 4천만 달러면 만족하는 거야?"

　"제 생각이지만…… 고작 그 정도를 원했다면 브라이언 최가 자리에서 일어나진 않았을 것 같아요."

　"근거는?"

　"브라이언 최가 제 입으로 말하기 난처하다는 식으로 말했다면서요? 그렇다면 그보다 더 큰 계약을 원하고 있는 거 아닐까요?"

"후우……."

알렉스 인터폴리스 부사장이 길게 한숨을 내쉬었다. 세런 테일러가 지나치게 확대 해석한 거라면 좋겠지만 돌아가는 분위기상 그녀의 분석이 맞는 것 같았다.

"계속해 봐."

알렉스 인터폴리스 부사장이 소파에 몸을 기대며 말했다. 그러자 세런 테일러가 안경을 고쳐 쓰며 말을 이었다.

"브라이언 최가 원하는 게 단순히 아시아 최고 투수가 아니라 건이 새롭게 계약을 할 때까지 그 누구도 넘볼 수 없는 확실한 규모의 아시아 선수 최고액 계약이라면 금액을 3억 달러까지 올릴 필요가 있어요."

"3억? 지금 장난해?"

"대신 계약 기간을 8년으로 하고 5년째부터 연봉을 올려주면 다저스가 손해 볼 건 없어요."

세런 테일러는 1년째부터 4년째까지 당초 계약대로 3천만 달러의 연봉을 보장한 뒤 5년째부터 각각 4,000만 달러-4,000만 달러-4,500만 달러-5,000만 달러로 인상하자고 제안했다.

추가로 박건호가 4년째 옵트 아웃을 포기할 경우 5백만 달러 추가 지급이라는 옵션을 걸면 3억 달러의 계약을 맞출 수 있다고 덧붙였다.

"이런 식이면 5년째 이후의 계약은 아무 의미가 없는 거 잖아."

"아니죠. 에이전트 입장에서는 4년째 옵트 아웃을 행사하 지 못하더라도 손해 볼 게 없는 확실한 보험이 생긴 셈이니까 요. 결코 싫어하지 않을 거라고요."

알렉스 인터폴리스 부사장은 직원들과 최종적으로 세부 조건들을 손질한 후, 다음 날 아침 일찍 브라이언 최를 찾아 갔다.

혹시나 이번에도 브라이언 최를 만족시키지 못하면 어쩌나 걱정했지만 추가적인 계약 내용을 확인한 브라이언 최는 밝 은 얼굴로 고개를 끄덕였다.

"이렇게 신경 써주셔서 감사합니다."

"그럼 계약에 동의하는 겁니까?"

"일단 건에게 알려야겠지만 저는 만족합니다."

브라이언 최는 그 자리에서 박건호와 통화를 했다. 그리고 박건호의 승낙을 받은 후에 에이전트로서 8년짜리 장기 계약 서에 서명을 했다.

-앤디, 내가 얼마나 고생했는지 앤디는 몰라요. 어쨌든 그 점에 대해서는 슬레이튼 커쇼에게 잘 설명해 줘요. 아마 슬레 이튼 커쇼라면 충분히 이해해 줄 테니까요.

박건호와의 계약으로 진이 다 빠진 듯 알렉스 인터폴리스 부사장이 서둘러 전화를 끊었다.

"후우……. 빌어먹을. 결국 뒷수습은 내 몫이로구만."

앤디 프리드먼 사장이 길게 한숨을 내쉬었다. 그리고 곧바로 슬레이튼 커쇼에게 전화를 걸어 점심 약속을 잡았다.

38장
위상 변화(1)

1

박건호의 계약 소식은 바다를 건너 한국과 일본에도 전해 졌다.

박건호! 아시아 선수 역대 최고 계약!
다저스 박건호! 메이저리그에 단 2명뿐인 3억 달러 투수 대 열에 합류!

한국 언론들은 주로 박건호가 아시아 최고 선수가 됐다는 점을 주목했다.

몇몇 언론은 박건호가 실력과 커리어에 이어 몸값까지 오타니 쇼헤를 멀찍이 따돌려 버렸다고 떠들어댔다.

　야구팬들도 총액 3억 달러에 이르는 초대형 계약에 흥분을 감추지 못했다.

　└와, 박건호 진짜 대박 아니냐? 1억 달러도 아니고 3억 달러란다. 이게 말이 되냐?

　└3억 달러면 얼마야? 3,400억? 3,500억?

　└거의 3,600억쯤 되지 않냐?

　└진짜 대박이다. 누군지 몰라도 박건호하고 결혼하는 여자는 완전 팔자 폈네.

　└그렇지 않아도 요즘 여자 아이돌들 이상형만 물어보면 전부 박건호 타령하더라.

　└박건호는 좋겠다. 진짜 맘만 먹으면 아이돌들하고 사귈 수 있는 거잖아?

　└박건호가 뭐가 아쉬워서 아이돌하고 만나겠냐?

　└맞아, 그래도 급이 맞아야지. 박건호는 메이저리그 최고 투수인데.

　└근데 박건호가 이제 19살이라 애매해. 좀 괜찮다 싶은 연예인들은 스물다섯이 넘어가 버리니까.

　└야, 할 게 없어서 박건호가 누구 만날지 걱정하고 있냐?

지금 우리가 여기서 찌질거리는 사이에도 박건호는 쭉쭉빵빵한 금발 미녀 옆에 끼고 놀고 있을 거다.

ㄴ이 세상에 제일 쓸데없는 게 박건호 걱정이다. 박건호야 알아서 잘 먹고 잘살겠지. 어쨌든 난 박건호가 오타니 쇼헤 기록 깨줘서 엄청 고맙다.

ㄴ나도, 나도. 솔직히 이제 3년 차라 오타니 쇼헤 기록은 못 깰 줄 알았거든.

ㄴ이 야알못들아, 박건호 가치가 얼마인데 오타니 쇼헤 타령이냐?

ㄴ저 사람들은 얼마 전 ESPM에서 투수 가치 평가할 때 박건호가 슬레이튼 커쇼와 공동 1위인 거 못 봤나 봄.

ㄴ슬레이튼 커쇼와 가치가 같다고 해서 슬레이튼 커쇼만큼 연봉을 받을 수 있는 건 아니잖아.

ㄴ왜 아니야? 미국 쪽에서 흘러나오는 정보들 보니까 옵션만 다 채워도 슬레이튼 커쇼 넘겠던데 뭘.

ㄴ그래도 계약은 보장 금액으로 하는 거지. 옵션 따지면 복잡해진다고.

ㄴ그건 맞는 말이야. 당연히 계약은 보장 금액이 기본이지. 그런데 박건호 옵션만 1,700만 달러인 건 알고 하는 소리냐?

ㄴ뭐? 1,700만 달러? 보장이 3천만인데?

ㄴ그러니까 대단한 거라고. 다른 선수들 보면 보너스는 끽

해야 10퍼센트 미만인데 박건호는 60퍼센트 수준이야. 이게 뭘 의미하겠냐?

ㄴ더 주고 싶지만 눈치 보여서 못 주니까 이해해 줘, 이거 아님?

ㄴ바로 그거지. 진짜 이럴 때 보면 백인들 우월주의 쩐다니까.

ㄴ그건 어느 정도 인정. 그런데 박건호에게 100퍼센트 적용될지는 좀 지켜봐야 할 듯.

ㄴ어쨌든 아시아 최고인 건 변함없잖아. 안 그래? 일단은 그걸로 즐기자고.

ㄴ크흐흐. 지금쯤 일본은 초상집 분위기일걸?

ㄴ안 봐도 뻔하지 뭐. 분명 전문가랍시고 떠드는 인간들이 박건호의 계약에 말도 안 되는 트집 잡고 있을 거야.

국내 야구팬들의 예상대로 일본 언론들은 박건호의 계약 자체를 두고 못마땅한 심정을 드러냈다.

"8년 계약에 3억 달러라는 총액만 놓고 보자면 엄청나 보이지만 실제로는 그리 대단할 게 없는 계약입니다."

"4년째 옵트 아웃 조항이 포함되어 있습니다. 5년 후에 FA 자격을 획득하는 박건호 입장에서는 이 옵트 아웃 조건을 결코 포기하려 하지 않을 겁니다. 그렇다면 결국 4년에 1억 2천만 달러 계약으로 봐야겠죠."

"박건호가 계약 기간 동안 실질적으로 받을 수 있는 연봉은 3천만 달러에 불과합니다. 반면 오타니 쇼헤는 포스팅 비용을 포함해 연평균 3,300만 달러의 가치를 가지고 있습니다."

"박건호와 슬레이튼 커쇼의 계약은 질적으로 다른 계약입니다. 박건호의 계약은 한국산 과자 같은 느낌입니다. 질소로 포장되어 잔뜩 부풀렸지만 막상 열어보면 보잘것없는 그런 과자 말입니다."

일본의 전문가들은 한목소리로 박건호가 오타니 쇼헤를 뛰어넘은 건 아니라고 단언했다.

계약 총액도 중요하지만 연평균 금액을 따져야 한다며 자신들만의 셈법으로 박건호의 계약을 깎아내리려 애를 썼다.

하지만 이들의 주장에 동조하는 이들은 생각만큼 많지 않았다. 오히려 일본 내부에서도 인정할 건 인정해야 한다는 목소리들이 터져 나왔다.

ㄴ박건호는 진짜 대단한 투수야. 아시아 선수라는 게 믿어지지 않을 정도라고.

ㄴ박건호의 선조 중에 외국인이 있는 게 분명해. 그렇지 않고서야 이렇게 잘 던질 수는 없는 거라고.

ㄴ말도 안 되는 논리로 오타니 쇼헤가 낫다고 주장하는 전문가들을 보면 한심스러워. 오타니 쇼헤는 모든 면에서 박건

호에게 졌다고.

ㄴ아직 진 건 아니야. 오타니 쇼헤가 박건호보다 1년 늦게 메이저리그에 데뷔했고 똑같이 신인상을 받았으니까 몇 년은 더 지켜볼 필요가 있어.

ㄴ하하. 지금 장난하는 거야? 오타니 쇼헤가 박건호처럼 내년에 사이영 상과 MVP를 수상할 수 있을 거라고 생각하는 거야? 진심으로?

ㄴ오타니 쇼헤는 타격을 포기하고 투구에 집중해야 해. 계속해서 이도류를 고집하면 평생 박건호를 따라잡지 못할 거야.

ㄴ그래도 오타니 쇼헤가 평균 연봉은 더 높잖아.

ㄴ이 멍청아, 그건 전문가들이 조작한 거야.

ㄴ내가 왜 조작인지 설명해 줄게. 잘 들어. 첫째로 포스팅 비용은 오타니 쇼헤가 받는 돈이 아냐. 오타니 쇼헤의 가치를 대변하는 금액이긴 하지만 어디까지나 구단이 받는 돈이지. 포스팅 비용을 빼면 오타니 쇼헤의 계약 총액은 1억 7,800만 달러라고. 연평균 2,966만 달러야. 박건호가 첫 4년간 받는 연봉보다 34만 달러나 적어.

ㄴ아니지. 계산은 그렇게 하는 게 아냐. 오타니 쇼헤도 해마다 같은 연봉을 받는 게 아니야. 올해 연봉이 2,400만 달러고 내년부터 2,700-3,000-3,000-3,200-3,400 순서로 받게 되어 있어. 첫 4년만 따지면 오타니 쇼헤가 받는 총액은 1억

1,100만 달러밖에 안 돼. 박건호가 4년간 받는 1억 2천만 달러보다 900달러가 적다고.

└총액으로 계산하면 더 비참해져. 오타니 쇼헤는 포스팅 비용을 포함해도 연평균 3,300만 달러야. 반면 박건호는 3,750만 달러고. 해마다 무려 450만 달러 차이가 나. 6년간 2,700만 달러 차이라고.

└너희들 정말 한심하다. 같은 일본인으로서 오타니 쇼헤를 깎아내리는 이유가 뭔데?

└오타니 쇼헤를 깎아내리는 게 아냐. 박건호가 더 대단한 선수이고 오타니 쇼헤보다 나은 대우를 받는다는 사실을 인정하자는 것뿐이야.

└옵트 아웃 전까지 박건호가 보장받은 금액은 3천만 달러일지 몰라. 하지만 그건 어디까지나 눈속임에 불과해. 박건호에게 걸려 있는 옵션이 얼마나 많은지 모르지?

└메이저리그 쪽 전문 칼럼리스트의 글을 읽어봤는데 박건호가 내년 시즌에 올해보다 부진해서 설사 사이영 상과 MVP를 수상하지 못하더라도 수백만 달러의 보너스를 받을 수 있을 거래.

└보너스 받는 게 쉬운 줄 알아? 두고 봐. 박건호는 내년 분명 퍼질 테니까.

└그건 네 생각이고. 실제 메이저리그 주요 언론들은 내년

시즌 박건호가 최소한 18승에 1점대 평균 자책점, 180이닝에 탈삼진 200개는 무난히 달성할 거라 전망하고 있다고. 저 기록만큼만 던져도 박건호가 추가로 받을 수 있는 보너스만 350만 달러야.

└오타니 쇼헤로는 안 돼. 박건호보다 나이도 많고 실력도 떨어진다고.

└적어도 비교 대상이 박건호라면 일본 야구계의 완패야. 이건 어쩔 수 없다고.

한국 야구계에서는 끝없는 찬사가 이어졌고 일본 야구계에서도 한국은 싫지만 박건호는 인정하지 않을 수 없다는 분위기가 빠르게 퍼져 나갔다. 하지만 정작 박건호는 아직까지 자신의 위상 변화를 크게 실감하지 못하고 있었다.

"그러니까 브라 형, 내가 얼마를 받는 거야?"

"일단 올해 보장된 연봉은 3천만 달러야. 보너스는 시즌이 끝나 봐야 아는 거니까."

"3천만 달러 중에 세금을 떼면 얼마나 남는데?"

"세금에 에이전트 수수료, 개인 트레이너 비용 등 이것저것 다 떼어도 40퍼센트 정도 남는다고 생각하면 될 거야."

"40퍼센트면 1,200만 달러?"

"그래, 1,200만 달러."

"한화로 환산하면 얼마나 될까?"

"대략 140억 정도인데…… 건호야, 그렇게 좋냐?"

"크흐흐흐. 형은 안 좋아?"

"나도 좋지. 네 덕분에 사무실을 내고 직원까지 두게 생겼으니까. 그런데 서운하거나 그런 건 없어?"

"서운? 뭐가?"

"커쇼는 4천만 달러 넘게 수령하잖아."

"보너스 타면 내가 더 많다면서."

"그렇긴 하지만……."

"두고 봐요, 형. 다저스에서 그런 옵션을 걸어놓은 걸 두고두고 후회하게 만들 테니까."

박건호가 피식 웃었다. 그러고는 고급 가죽으로 제작된 푹신한 소파를 쓸어내렸다.

"그만 좀 만져. 때 탈라."

"내 건데 뭐 어때?"

"정확하게 말하자면 장기 무상 임대지. 나중에 구단하고 틀어지면 이것저것 다 물어내라고 할지도 몰라."

"그래도 내 집이 생기니까 좋긴 좋네."

"호텔도 나쁘진 않았잖아."

"그래도 집이 좋지. 내 맘대로 할 수 있으니까."

박건호가 천천히 집 안을 살폈다.

8년에 3억 달러라는 어마어마한 계약에 딸려오긴 했지만 박건호는 자신이 머무를 수 있는 사적인 공간이 생겼다는 사실이 무척이나 마음에 들었다.

"브라 형, 그거 알아? 여기 지하에 타격 연습실도 있어."

"알아. 지난번에 말했잖아."

"2층 끝 방에는 오락실 게임기도 있다니까? 그건 몰랐지?"

"그건 너무 많이 하지 마. 손목에 무리가 올 수도 있으니까."

"어쨌든 혼자 사는 거 빼고는 다 좋아."

"혼자 지내기에는 집이 좀 넓긴 하지."

"그래서 승혁이하고 같이 지내려고."

"네가 그래 주면 나야 고마운데 차라리 부모님을 모시고 오는 건 어때?"

브라이언 최가 넌지시 권했다.

메이저리그에서 어느 정도 자리를 잡은 만큼 이제는 가족들과 함께 생활하는 것도 나쁘지 않다고 판단했다.

다저스 구단 역시 박건호가 보다 안정적인 환경에서 야구를 할 수 있길 바라고 있었다. 하지만 박건호는 아직 그럴 생각이 없었다.

"형도 알잖아. 우리 부모님 엄청 부지런하신 거. 내가 보내 드린 계약금으로 2호점 차려서 지금 정신없을 거야. 게다가 여동생도 내년이면 고3이고. 나 하나 때문에 가족들을 고생시키고 싶진 않아."

박건호가 제법 어른스럽게 말했다. 하지만 지난 2년간 함께 하면서 브라이언 최는 누구보다 박건호의 속내를 파악했다.

"그것보다는 다른 꿍꿍이가 있는 거 같은데?"

"아닌데?"

"맞는 거 같은데. 뭐 너도 이제 성인이니까 여자를 만나는 걸 가지고 뭐라고 할 수는 없겠지만 조심해. 알지?"

"그건 걱정하지 마."

"콘돔은 꼭 끼고."

"형도 참. 걱정 안 해도 된다니까."

박건호가 멋쩍게 웃었다. 브라이언 최가 짓궂은 농담을 한 거라고 여겼다.

하지만 브라이언 최는 이번 기회에 확실히 못을 박아둘 필요가 있다며 말을 이었다.

"너 지난번에 야구장에서 사인해 줄 때 어떤 여자가 연락처 적어줬다고 했지?"

"언제? 워낙에 자주 있는 일이라 기억이 잘 안 나는데?"

"까불지 말고. 그 여자들이 너한테 왜 연락처를 줬을 거 같아?"

"그야 내가 제법 인기 있는 선수고…… 잘생겼으니까?"

"너 거울은 보고 다니는 거지?"

"쳇, 내가 어디가 어때서? 팬들은 나더러 섹시하다고 하거든?"

"여기선 마음에 드는 남자에게 흔히 하는 말이 섹시 가이다."

"어쨌든 내가 마음에 든다는 소리잖아."

박건호가 어깨를 으쓱거렸다. 외모보다는 실력 덕분에 인기가 많긴 했지만 요즘 들어 박건호에게 추파를 던지는 여성 팬들이 부쩍 늘어난 것도 사실이었다.

"그래서, 좋아?"

"여자들이 좋아하는데 싫어할 사람이 어디 있어?"

"그렇다고 따로 만나거나 하진 마."

"걱정 마. 그럴 시간도 없어."

"혹시라도 팀 동료들 중에서 괜찮다고 부추겨도 절대 흔들리지 마. 그리고 어쩔 수 없이 그런 상황이 생기면 곧바로 나 부르고. 알았어?"

"헐, 그 정도 뒤처리는 내가 할 수 있거든?"

"널 못 믿어서가 아니야. 널 유혹하는 여자들을 믿지 못해서지."

"……?"

"너도 강준호 이야기는 들어 알 테고. 일단 너한테 접근하는 여자들은 둘 중 하나야. 네 팬이거나 아니면 네게 뭔가 얻을 게 있거나."

"팬들도 사인을 원하는데?"

"사인이나 악수, 사진 촬영 같은 건 프로 스포츠 선수로서 당연한 의무고. 그 외에 다른 목적을 가진 여자들이 지금 이 시점에서 너한테 뭘 원할 거 같아?"

"뭐…… 돈이야?"

"그래, 돈이지. 그 돈을 합법적으로 뜯어낼 수 있는 방법은?"

"성폭력으로 신고하거나 그런 거?"

"그건 차선책이고. 가장 확실한 건 임신이야."

"에이, 설마……."

"설마가 아니야. 잘나가는 선수들과 하룻밤 보내고 임신한 뒤에 막대한 위자료를 청구하는 경우는 프로 스포츠 세계에서 흔한 일이라고. 너라고 예외일 수 없어."

브라이언 최가 단호한 목소리로 말했다.

만 나이로 열아홉이긴 했지만 박건호는 한국 나이로 스물한 살이었다. 마음만 먹으면 얼마든지 여자들과 연애를 할 수 있는 나이였다. 게다가 그만한 사회적 지위와 능력도 갖추고 있었다. 반면 아직 사회 경험은 부족한 상태였다.

로드 비프들에게 있어 박건호처럼 탐스러운 먹잇감은 흔치 않았다. 실제로 브라이언 최의 눈에도 박건호와 뜨거운 하룻밤을 보내기 위해 의도적으로 노출이 심한 의상을 입고 접근하는 여자들이 자주 눈에 띄었다.

물론 지금까지야 메이저리그에서의 성공을 목표로 잘 참아왔지만 1차적인 성공을 이룬 지금은 그 인내가 흔들릴 수 있었다.

에이전트로서 책임감을 떠나 한국인의 한 사람으로서 브라이언 최는 세계 최고의 선수가 될지도 모르는 박건호를 최대한 관리해 주고 싶었다. 그러기 위해서는 가장 먼저 선수 본인부터 정신을 차려야 했다.

"다시 말하지만 필요 이상으로 여성 팬들에게 잘해주지 마. 만약 팬들의 눈치가 보인다면 어린아이에게 친절을 베풀어. 그다음에 나이 많은 야구팬들에게 존경을 보내고."

"후우……. 알았어."

"그렇다고 연애를 하지 말라는 소리는 아니야. 너도 성인이니까 연애는 할 수 있겠지. 하지만 사랑을 하려면 한 여자하고 해. 미국이 아무리 개방적이라 하더라도 여자 관계가 복잡한 사람들은 최고의 위치에 오를 수가 없어. 오히려 최고들에게는 기준 이상의 엄격한 잣대를 들이민다고."

"명심할게."

"건호야, 난 네가 지금까지 잘해줘서 너무 고맙고 자랑스러워. 만약 네가 지금 당장 날 해고한다 해도 후회하지 않을 만큼."

"에이, 내가 형을 왜 해고하겠어."

"그래도 사람 일이라는 건 모르는 거니까. 어쨌든 내가 당장 내일 해고를 당한다 하더라도 난 내가 할 수 있는 최선을 다해서 널 케어할 거야. 그게 내 임무고 내 역할이고 내 의리야. 형 말, 무슨 소리인지 알지?"

"알았으니까 걱정하지 마. 나도 장기 계약을 한 첫해부터 배불렀다는 소리 듣고 싶지 않으니까."

"그런 부담 주려고 한 말은 아니지만…… 그래도 프로 선수니까. 팬들을 위해서 좋은 모습을 보여주면 좋겠지."

브라이언 최가 조금은 안도하는 듯한 표정을 지었다. 하지만 그의 생각처럼 박건호가 순진무구한 건 아니었다.

'뭐……. 지금 당장 제시카와 함께 살 수 있는 건 아니니까.'

넓은 집에 처음 들어왔을 때 박건호는 여자 친구인 제시카 테일러와 함께 지내고 싶다는 생각이 가장 먼저 들었다.

하지만 올 봄에 졸업하는 제시카 테일러와 연애 기간도 없이 곧바로 동거부터 할 수는 없는 일이었다.

박건호가 제시카 테일러를 소개받은 지는 1년이 훌쩍 넘었다. 그러나 박건호가 그녀를 직접 만난 건 여전히 손에 꼽힐 정도였다.

특히나 이번 시즌 중에는 따로 시간을 내기가 어려웠다. 박건호도 성적 관리를 해야 했고 제시카 테일러도 졸업 준비 때문에 바빴다.

LA에서 경기가 있을 때 제시카 테일러가 가끔 경기에 찾아오긴 했지만 그때도 보는 눈이 많아서 제대로 대화조차 나누기 어려웠다.

그 대신 박건호는 경기가 끝나고 집에 들어가서 잠자리에 들기 전 제시카 테일러와 통화를 하거나 메시지를 주고받으며 사랑을 키워갔다.

만약 서로의 외모나 조건을 보고 끌린 거였다면 그 관계가 오래 지속되지 않았겠지만 다행히도 박건호와 제시카 테일러는 시간이 지날수록 서로를 더욱 아끼고 위해주고 있었다.

눈에서 멀어지면 마음에서 멀어진다는 말은 적어도 박건호와 제시카 테일러에게 통용되지 않는 말이었다.

하지만 박건호도 사람이다 보니 제시카 테일러와 제대로 연애를 해보고 싶은 욕심이 컸다. 통화 말미마다 사랑이 변치 않기를 바라는 제시카 테일러에게 자신의 마음을 제대로 보여주고 싶기도 했다.

"참, 형. 나 한 3박 4일 정도 여행 좀 다녀와도 돼?"

"여행? 누구하고 가는데?"

"누구긴 누구야. 승혁이랑 가는 거지."

"승혁이하고? 설마 여자 꼬시러 가거나 도박하러 가는 건 아니지?"

"그러다 뉴스에 나려고? 걱정 마. 그냥 한국 들어가기 전에 둘이 기분 좀 내려고 그래. 솔직히 승혁이하고 나 올해 죽어라 열심히 했잖아. 안 그래?"

"흠……. 뭐 네가 그렇게 말한다면 내가 할 말이 없다. 대신 장소는 알려줘. 여차하면 내가 가야 하니까."

"그냥 뉴욕이나 가 볼까 하고."

"그래, 알았다. 뭐 필요한 거 있으면 나한테 말하고."

브라이언 최는 아무런 의심 없이 박건호의 여행을 승낙했다. 박건호와 안승혁, 단둘이 보내는 게 불안하긴 했지만 그 사이에 여자들이 끼는 것보다는 나을 것 같았다.

그러나 박건호는 정말로 안승혁과 단둘이 여행을 갈 생각이 눈곱만큼도 없었다.

"야, 박건호. 최브라 형이 이상한 말 하던데?"

"무슨 말?"

"너 나랑 여행 간다 그랬냐?"

"아, 그거. 그냥 너 좀 판 거야."

"그러면 그렇지. 아주 잠깐이나마 서프라이즈 여행을 기대한 내가 바보지."

"너무 서운하게 생각하지 마. 나도 연애는 해야 하잖아."

"연애? 헉, 설마 그 제시카 알바인지 뭔지 하는 개하고 둘이 여행 가려는 거냐?"

"제시카 알바 아니고 제시카 테일러. 제시카 알바보다 예뻐, 인마."

"어쨌든! 이 나쁜 자식아! 그러면 나한테 새끼를 쳤어야지!"

진실을 전해 들은 안승혁이 펄쩍 뛰었다.

가뜩이나 박건호 혼자 비밀 연애하는 걸 알고 속이 쓰렸는데 자신을 팔아 밀월여행을 떠나겠다니. 도저히 그냥은 받아들일 수가 없었다.

그러자 박건호가 피식 웃으며 안승혁의 어깨를 끌어안았다.

"그래서 말인데 승혁아, 기왕 도와주는 김에 하나만 더 도와줘라."

"뭘 또 도와달래?"

"내 동생 알지?"

"동생? 누구? 지은이?"

"그래, 지은이가 고3 되기 전에 LA 구경 한번 하고 싶다고 이번에 놀러 오거든. 근데 내가 아쉽게도 스케줄이 잡혔잖냐."

"아쉽기는 개뿔. 보아하니 지은이 피해 도망치는 거구만."

"어쨌든, 나 대신에 네가 지은이 좀 잘 챙겨줘라."

"내가 왜?"

"왜긴 왜야. 내 여동생이 네 여동생이니까 챙겨달라는 거지."

"쳇, 말은 잘한다. 그러는 놈이 혼자 재미 보러 가냐?"

"어쨌든, 인마. 잘 좀 챙겨줘. 우리 지은이 엄청 예뻐졌다고 놀라지 말고."

"흥, 그 꼬맹이가 예뻐져 봤자지."

안승혁이 코웃음을 쳤다. 중학교 시절의 박지은만 봐와서 인지 별로 기대감이 없는 눈치였다.

"어쨌든 오빠 친구로서 잘 좀 챙겨줘. 알았지?"

"대신 새끼 쳐라. 그럼 내가 큰맘 먹고 희생해 준다."

"그럼. 새끼 쳐야지. 내가 누구야?"

"크흑, 고맙다 짜식. 지은이는 걱정 마. 내가 완벽하게 에스코트할 테니까."

한마디 상의도 없이 비행기 표를 끊은 박지은을 안승혁에게 맡긴 뒤 박건호는 제시카 테일러와 3박 4일 뉴욕 여행을 다녀왔다.

덕분에 박건호와 제시카 테일러는 몸도 마음도 더욱 가까워졌다. 아직 조금 이르긴 했지만 서로의 미래를 함께하자는 약속까지 나누었다.

"건, 내 남자 친구가 건이라고 엄마한테 말해도 되죠?"

"그럼요. 원하면 영상 통화 걸어도 괜찮아요."

"정말 꿈만 같아요, 건."

"그건 내가 할 소리예요."

제시카 테일러의 집 앞에서 그녀와 박건호는 진한 작별의 키스를 나누었다.

마음 같아선 당장에라도 제시카 테일러의 집에 쳐들어가고 싶었지만 제시카 테일러를 끔찍이도 아낀다는 그녀의 가족들에게도 마음의 준비를 할 시간을 줘야 할 것 같았다.

"그런데 지에게 혼나는 거 아니에요?"

"하하. 괜찮아요. 그래서 이렇게 선물을 샀잖아요."

"오빠를 빼앗겼는데 이 정도 선물로 될까요?"

"아마 차고 넘칠걸요?"

박건호의 예상대로 박지은은 선물 보따리에 마음을 풀었다.
"내가 이것 때문에 오빠 용서하는 거 아냐. 알지?"
"그럼. 우리 지은이가 얼마나 착한데."
"피이. 그리고 승혁이 오빠한테 고맙다고 전해 줘. 승혁 오빠 아니었으면 되게 심심했을 테니까."

박지은은 이틀간 더 LA에 머문 뒤 한국으로 돌아갔다. 박건호가 함께 돌아가자고 권유했지만 더 이상 학원을 빼먹었다간 죽을지도 모른다며 박지은이 제 발로 집을 나섰다.
"크흠, 건호 너는 바쁘니까 내가 데려다줄게."

시키지도 않았는데 안승혁은 박지은을 배웅하겠다고 나섰다.
"야, 너희 둘 뭔 일 있지?"
"아, 아무 일 없었거든?"
"연애야 너희 자유지만 지은이 졸업하기 전까지 사고는 치지 마라."
"크흠, 거 참 아니래도 그러네."

박건호의 추궁에 안승혁은 얼굴이 빨개졌다. 안승혁과 박지은 둘 다 아직은 어린 나이라 걱정스럽긴 했지만 사돈 남 말 할 입장은 아니다 보니 박건호는 조용히 둘의 관계를 지켜보기로 했다.

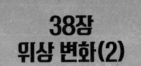

38장
위상 변화(2)

"그나저나 형한테 엄청 깨지겠는데?"

LA에 돌아왔을 때 박건호는 박지은보다 브라이언 최가 더 걱정스러웠다. 하지만 생각했던 것과는 다르게 브라이언 최는 화를 내지 않았다.

—별일 없이 잘 쉬었다면 됐다. 여자 친구하고 다녀온 거라고?

"그렇게 됐어, 형."

—짜식, 그런 건 미리 말 좀 해주지.

"그게…… 이제야 좀 제대로 사귀게 되어서."

—승혁이한테 얼핏 들었다. 어쨌든 잘됐다니까 다행이고. 그것보다 일 이야기 좀 해야 할 거 같아.

"일?"

―이번에 이곳저곳에서 CF 제안이 많이 들어왔거든. 워낙 많아서 말이야. 네가 좀 골라야 할 것 같다.

"내가 골라야 할 정도야?"

―자세한 건 만나서 이야기하자.

브라이언 최가 진지하게 말했지만 박건호는 크게 기대하지 않았다.

지난해 신인상을 받았을 때 박건호에게 들어온 CF는 10개였다. 그중 가격을 따지고 촬영 콘셉트를 따지고 하다 보니 2개밖에 남지 않았다.

"이번에는 작년보다 두 배쯤 들어왔으려나?"

박건호는 내심 4편 정도만 촬영해도 감지덕지라고 여겼다. 그러나 메이저리그 최고의 선수로 우뚝 서며 광고계의 블루칩으로 자리매김한 박건호의 위상은 박건호가 생각하는 것 이상으로 대단했다.

"그, 그게 다 뭐야?"

"광고 제안서들."

"이게 전부 다 나한테 들어온 거라고? 에이, 형 장난하는 거지?"

"장난은 무슨. 시간이 그렇게 많지 않으니까 빨리빨리 살펴보자. 누가 말없이 며칠간 사라져 버린 덕분에 진행이 늦어지고 있거든."

"쳇, 그렇게 말하면 내가 할 말이 없잖아. 그런데 이게 다 몇 건이야?"

"120건 정도 될걸?"

"뭐? 120건? 이걸 나보고 다 언제 보라고?"

"이것도 직원들하고 추려서 가져 온 거야."

박건호가 사이영 상이 유력하다는 소문이 나돌자 한국과 미국은 물론이고 세계 각지에서 광고 모델 요청이 들어왔다.

그 수가 자그마치 300여 개.

그것도 성의 없게 한번 찔러나 보자고 들이미는 것들은 가차 없이 빼버린 숫자였다.

그 300여 개의 제안서가 이틀간의 밤샘 작업 끝에 120건까지 줄어들었다.

하루 이틀 고생하면 더 줄어들 수 있겠지만 그랬다간 어렵게 구한 직원들이 집단 사직서를 제출할까 봐 브라이언 최는 울며 겨자 먹기로 120건을 전부 들고 박건호를 찾아온 것이다.

"형, 솔직히 말해봐."

"뭘 솔직히 말해?"

"이거 나한테 복수하는 거지?"

"후우……. 건호야, 나 그렇게 한가한 사람 아니거든?"

"그럼 뭐야? 나보고 이걸 진짜 다 살펴보라고?"

"여기 남아 있는 것들은 다 제대로 된 제안서들이야. 거절

할 때 사정 설명하고 양해를 구해야 하는 것들이라고. 그러니 가급적이면 너도 좀 읽어봐야 하지 않을까?"

"와…… 형이 이렇게 잔인한 사람인 줄 몰랐어."

"너야말로 운 좋은 줄 알아. 하루만 더 빨리 왔어도 100건 정도 추가됐을 테니까."

박건호는 입술을 삐죽거리며 가장 위쪽에 있는 제안서를 집어 들었다.

회사는 메가 라이프. 미국에 본사를 둔 다국적 건강 제조 식품 기업이었다.

"이거 단백질 보조 식품 같은 거야?"

"정확하게는 다이어트 식품."

"아, 다단계 같은 건가?"

"비슷하다고 봐야지. 참고로 한국에도 지사가 있으니까 국내 인지도가 아예 없지는 않아."

"그런데 이건 왜 가져 왔어? 내가 다이어트 할 것도 아니고. 이건 나하고 좀 안 맞는 거 같은데?"

"축구 스타들도 이 회사 광고 모델들이거든. 게다가 광고료도 짭짤하고 말이야. 무엇보다 광고 콘셉트가 좋아."

"광고 콘셉트?"

"축구 선수 한 명, 야구 선수 한 명, 배구 선수 한 명, 농구 선수 한 명. 이렇게 4대 구기 종목을 대표하는 스포츠 스타들을 한 명씩 섭외해서 공동으로 촬영을 할 생각인가 보더라고."

"오호, 그건 좀 구미가 당기는데?"

"그렇지? 아무래도 야구는 4대 구기 종목치고 인프라가 제한적이니까 인지도를 넓히는 게 한정되어 있잖아. 그러니까 이번 기회에 다른 선수들과 함께하면서 얼굴을 알리는 것도 나쁘지 않다는 생각이 들어서 넣어봤어."

"흠……. 그런 의미라면 나쁘지 않은 거 같은데 내가 다단계 회사 모델처럼 비춰지거나 하진 않겠지?"

"그 부분은 조금 더 확인해 봐야겠지만 보내준 광고 콘셉트만 놓고 보자면 그런 걱정은 안 해도 될 것 같아."

"좋아, 이건 긍정적으로 생각해 볼게."

"그거 봤으면 이것도 봐봐. 이게 내가 추천하는 1순위니까."

브라이언 최가 손에 들고 있는 제안서를 박건호에게 내밀었다.

회사는 나이크.

승리의 여신 니케의 날개를 형상화한 앰블럼으로 유명한 세계적인 스포츠 용품 회사였다.

"와우, 나이크!"

박건호가 활짝 웃었다. 그러고는 더 볼 필요도 없다며 제안서를 덮었다.

"왜? 마음에 안 들어?"

"아니, 마음에 들지. 왜 안 들겠어?"

"그런데 왜 그만 봐?"

"이건 안 봐도 돼. 이건 해야지."

"하하. 네가 그럴 줄 알았다. 그래도 네 몸값을 후려치려고 들면 안 하려고 했는데 다행히도 섭섭지 않게 주겠다고 하더라."

"그럼. 나이크인데."

"참, 옵션에 널 위한 전용 야구 용품을 제작해 주겠다는 조항도 걸었어."

"크으, 역시 형이야. 기왕 하는 김에 박건호 에디션, 뭐 이런 것도 추가됐으면 좋았을 텐데."

"그러니까 내가 제안서 끝까지 읽어보라고 했잖아."

"……?"

"그것도 당연히 포함되어 있지. 야구화뿐만 아니라 일반 러닝화까지 네 이름으로 된 제품도 출시하기로 조율하고 있다."

"혀엉!"

박건호가 자리에서 벌떡 일어나 브라이언 최를 끌어안았다. 자신이 제시카 테일러와 밀월여행을 떠나는 동안 브라이언 최가 이토록 기특한 일을 해냈으니 감정을 주체할 수가 없었다.

"아직 봐야 할 제안서가 산더미니까 얼른 앉아. 이거 오늘 중으로 다 볼 수 있으려나 모르겠다."

브라이언 최가 피식 웃으며 박건호를 떼어놓았다.

박건호도 잔뜩 신이 난 얼굴로 다른 제안서들을 빠르게 훑어 내려갔다.

그렇게 120건의 제안서를 전부 살필 때쯤 창밖은 어둑하게 변해 있었다.

"으윽, 형. 이제 다 본 거 같은데?"

"그래, 그것까지만 보면 다 본 거야."

"후우…… 이것도 일은 일이다. 그냥 눈으로 읽은 것뿐인데도 엄청 피곤하네."

"배고프지? 뭐 좀 사 가지고 올까?"

"이 시간에 뭘 사 오려고. 한국도 아니고 어지간한 곳은 다들 문 닫았을 텐데."

"그럼 라면이나 먹을래?"

"라면 좋지."

브라이언 최가 피식 웃으며 주방으로 들어갔다. 그리고 잠시 후 큼지막한 냄비에 라면을 한가득 끓여왔다.

"형, 물 조절은 잘한 거지?"

"걱정 마라. 내가 승혁이 녀석 입맛 맞추면서 라면 도사가 됐으니까."

"맞아. 승혁이 그놈, 은근히 입맛 까다로워."

"승혁이가 너도 만만찮다고 하던데?"

"에이, 내가 뭘. 나 정도면 노말하지. 그럼 어디 한번 먹어 볼까요?"

박건호는 라면 한 젓가락을 크게 떠서 그대로 입안에 밀어 넣었다. 그러고는 몇 번 씹지도 않고 브라이언 최에게 엄지손가락을 들어 올렸다.

"최고야. 간이 딱인데?"

"라면 잘 끓인다고 칭찬해 줘서 고맙다."

"무슨 그리 섭한 말씀을. 형 없었으면 지금의 박건호도 없는 거지. 안 그래?"

박건호가 씩 웃으며 말했다. 빈말이 아니라 브라이언 최가 고생해 주지 않았다면 이렇게 빨리 메이저리그에 자리를 잡긴 어려웠을지 몰랐다. 하지만 브라이언 최는 자신은 한 게 없다며 고개를 흔들어 댔다.

"넌 네 실력으로 여기까지 온 거야. 그러니까 나한테 고마워할 필요 없어. 오히려 내가 더 고맙다. 나같이 무능한 에이전트하고 계속 함께 일 해줘서 말이야."

"그거 은근 자랑하는 거지? 무능한데도 3억 달러짜리 계약을 받아냈다고 말이야."

"하하. 말이 그렇게 되나?"

"어쨌든 앞으로도 잘 좀 케어해 줘. 종종 이렇게 라면도 끓여주면 고맙고."

"라면이야 몇 번이고 끓여줄 수 있는데 그래도 식단 관리해. 인스턴트 식품은 안 먹는 게 좋으니까."

"네, 네. 어련하실까요. 그건 그렇고 다른 애들 계약은 어때?"

박건호가 다시 크게 라면을 뜨며 물었다. 브라이언 최는 박건호 이외에도 안승혁과 오스틴 번 등 7명의 메이저리그 선수들을 관리하고 있었다.

"승혁이는 구단에서 좀 챙겨줄 모양이야."

"신인왕이라서?"

"올해 홈런도 제법 때려냈으니까. 승혁이를 에이든 곤잘레스의 후계자감으로 생각하는 느낌이야."

"승혁이야 뭐 원래 잘했으니까. 그런데 승혁이가 4번을 치면 다저스 중심 타선이 좌타 트리오가 되는 건가?"

"그럴 가능성도 있고. 올해처럼 작 피터슨을 1번으로 올릴 수도 있고. 그게 아니면 5번 정도를 쳐 줄 오른손 타자를 구해 올 수도 있겠지. 작 피터슨은 6번도 나쁘지 않을 테니까."

"그건 너무 승혁이 위주로 생각하는 거 아냐? 만약 그렇게 되면 작 피터슨은 자기가 4번 치고 승혁이더러 6번 치라고 할 것 같은데?"

"그야 실력이 결정해 주겠지. 어쨌든 작년에 네가 받았던 것보다는 조금 더 받을 수 있을 것 같아."

"쳇. 승혁이 그 자식, 그것 가지고 두고두고 우려먹겠네."

"내가 작년에 조금 더 받았어야 했는데 미안하다."

"그냥 해본 말이야. 난 이미 3억 달러짜리 계약을 맺었는데 뭘. 그보다 오스틴은? 오스틴은 좀 올랐어?"

박건호는 안승혁보다 오스틴 번의 계약 상황이 더 궁금했다.

친구이기 이전에 야구 선수로서 안승혁은 자신 못지않게 많은 돈을 벌 만한 재능이 충분했다. 이제 데뷔 시즌을 치렀으니 이번에는 어렵겠지만 내년에도 준수한 활약을 펼친다면 내년 겨울에 박건호처럼 장기 계약을 맺게 될 가능성도 농후했다.

하지만 오스틴 번은 상황이 달랐다.

박건호의 파트너에서 다저스의 주전 포수로 한 단계 성장하며 내셔널 리그 최고의 수비형 포수라는 평을 받고 있긴 하지만 공격적인 부분에 대한 아쉬움은 여전히 컸다. 그 아쉬움이 연봉 협상에 반영된다면 생각만큼 좋은 대우를 받기 어려울 것 같았다.

그런 박건호의 걱정이 느껴진 것일까. 브라이언 최가 가볍게 웃으며 말을 이었다.

"잘됐어. 내가 생각했던 것보다 구단에서 더 좋은 조건을 제안해 줬거든."

"얼마나? 얼마나 받는데?"

"120만 달러."

"허, 정말? 그렇게나 많이?"

"오스틴도 햇수로는 4년이니까. 5년 차에 주전 포수인 걸 감안하면 나쁘지 않은 수준이야. 물론 실제 서비스 타임은 3년도 채우지 못했지만."

2015년에 메이저리그 무대를 밟은 오스틴 번은 박건호가 데뷔한 2017년부터 꾸준히 메이저리그에 머물렀다. 그전까진 메이저리그와 마이너리그를 오가느라 서비스 타임을 1년(1년 기준 172일)도 채우지 못했다.

"참, 오스틴이 너한테 고맙다고 전해 달라더라."

"내가 한 게 뭐가 있다고."

"솔직히 네 덕이 크지. 너 아니었으면 오스틴이 다저스의 주전 포수가 되진 못했을 테니까."

박건호를 만나기 전까지 오스틴 번은 다저스가 테스트하는 수많은 백업 포수 중 한 명에 불과했다.

하지만 지난해 박건호와 짝을 이뤄 선발 출전 경험을 늘리며 가능성을 인정받은 뒤, 올해 야스마니 그린을 대신해 주전 포수 마스크를 쓰면서 상황이 달라졌다.

다저스의 선발 투수들 중 오스틴 번과 호흡을 맞추지 않는 선수는 한 명도 없었다.

야스마니 그린과의 의리 때문에 고민했던 슬레이튼 커쇼와 마에다 케이타는 물론이고 올해 어렵사리 재기에 성공한 류

현신과 박건호를 라이벌로 여기는 야디에르 알베스까지 선발 등판할 때마다 오스틴 번을 포수석에 앉혔다.

불펜 투수들도 오스틴 번을 선호했다.

공격 능력은 부족하지만 리그 최고 수준의 블로킹과 영리한 프레이밍을 통해 투수들이 마음 놓고 공을 던지도록 만들어줬기 때문이다.

"오스틴이 꾸준하게 활약을 해준다면 구단에서도 장기 계약을 제안할 생각이 있나 보더라."

"오스틴이 장기 계약하면 좋지. 난 가능하면 오스틴하고 호흡을 맞추고 싶으니까."

"하지만 시간은 좀 걸릴 거야. 그래야 널 오래 붙들 수 있거든."

"그게 무슨 말이야?"

"다저스 입장에서는 4년 후 네 옵트 아웃을 고민하고 있을 거야."

"그러니까 내가 옵트 아웃을 선언하기 전에 오스틴과 장기 계약을 맺을 거라 이거야?"

"그편이 너를 다저스에 붙드는 데 도움이 될 테니까."

"와…… 이거 생각보다 골치 아픈데?"

"그래도 오스틴이 손해 보는 일은 없을 거야. 오스틴이 내년부터 비스트 포지급 활약을 펼치지 않는다면 말이야."

비스트 포지는 다저스의 라이벌인 자이언츠에서 뛰고 있는 메이저리그 최고의 포수였다. 20개 이상의 홈런을 때려낼 수 있는 장타력에 통산 3할이 넘는 정교한 타격 능력, 거기에 노련한 투수 리드까지. 무엇 하나 흠잡을 데가 없는 선수였다.

오스틴 번의 타격 능력이 작년에 비해 향상됐다곤 하지만 비스트 포지와 비교하기에는 안쓰러운 수준이었다.

게다가 오스틴 번도 공격력을 높이기보다 메이저리그 최고의 수비형 포수로 거듭나겠다는 목표를 세운 상태였다.

"또 몰라. 오스틴이 갑자기 각성해서 홈런을 마구마구 때려 댈지."

"알았으니까 얼른 라면 먹자. 다 불겠다."

박건호와 브라이언 최는 한 솥 끓인 라면을 빠르게 해치웠다. 잡담이 길어져 면발이 퉁퉁 불었지만 밤늦은 시각 짭조름하게 끓인 라면만큼 좋은 야식도 없었다.

"꺼억. 잘 먹었다."

"커피 마실래?"

"커피는 내가 끓여줄게."

"앉아 있어. 내가 할 테니까."

"그럼 설거지는 놔둬. 나중에 내가 하면 돼."

"아직 가정부 구하지도 못했잖아? 하는 김에 내가 할 테니까 넌 제안서나 한 번 더 둘러봐."

"내가 미안해서 그러지."

"아이고. 됐네요. 그리고 어디 가서 너 설거지 시켰다는 말 나와봐라. 사람들이 날 뭐로 보겠냐?"

브라이언 최가 피식 웃으며 냄비를 들고 주방으로 들어갔다. 그리고는 채 5분도 되지 않아 뜨뜻한 커피 두 잔을 가지고 나왔다.

"벌써 끝났어?"

"그럼. 내 자취 경력이 몇 년인데."

"잘 마실게, 형."

박건호는 커피를 쭉 들이켰다. 그러면서 손에 든 제안서를 브라이언 최에게 내밀었다.

"이건 왜? 아까 안 하기로 했잖아."

"곰곰이 생각해 보니까 해도 나쁠 것 같지 않아서."

"그래, 잘 생각했다. 저쪽에서도 신경 쓴다고 쓴 건데 네가 안 한다고 했으면 엄청 서운했을 거야."

"대신…… 알지?"

"류현신 선수하고 같이 찍는 거? 그야 당연하지."

"그런데 현신이 형이 좋아할까?"

"가격만 맞으면 찍지 않을까?"

"그럼 하는 김에 그 카드 광고도 찍을까?"

"거긴 좀 그래. 너무 싼 값에 후려치려는 느낌이거든."

"형이 그렇다면 그래야지. 그럼 다 해서 몇 개 찍는 거야?"

"어디 보자……. 국내 기업이 4개고 해외 기업이 7개네. 하나 오버됐는데?"

"뭐 하나 정도는 어떻게든 되겠지."

"그럼 CF 관련 문제는 이렇게 마무리 짓는 것으로 하고…… 올해 훈련은 어떻게 할 거야?"

제안서를 정리하며 브라이언 최가 물었다. 그러자 박건호가 켁 하고 커피를 토해냈다.

"와, 형 독하다. 일 끝나자마자 훈련 타령이야?"

"그래도 미리 스케줄을 짜놓아야지. 너도 이제 메이저리그 최고 레벨의 선수인데 주먹구구식으로 훈련할 수는 없잖아. 안 그래?"

"그렇긴 한데…… 그건 한 달쯤 있다고 고민하면 안 될까?"

"안 돼, 그렇지 않아도 국내 구단들마다 너하고 훈련하고 싶다고 난리라고."

박건호가 메이저리그를 정복하면서 국내 구단들은 앞다투어 박건호에게 합동 훈련을 제안했다. 다들 경비 일체는 물론이고 개인 훈련 시간까지 보장해 주겠다고 말했다. 심지어 몇몇 구단은 비행기 왕복 티켓까지 1등석으로 제공하겠다며 열을 냈다.

하지만 박건호는 일면식도 없는 국내 프로 구단들과 함께 훈련할 생각이 없었다.

"고맙긴 한데…… 그건 좀 그래."

"네 생각에도 그렇지?"

"그럼. 훈련도 마음이 편해야 성과가 있는 거잖아."

"그건 그렇지."

"그냥 승혁이하고 단둘이 훈련할게. 적당한 장소만 알아봐 줘."

"오스틴은? 오스틴도 너하고 함께 훈련하고 싶다고 난리던데."

"하아, 이놈의 인기란. 그러다 마이클 리드하고 카일 시거, 작 피터슨까지 끼어드는 거 아냐?"

"그럴지도 모르지. 건호 네가 다저스 젊은 선수들의 리더잖아."

"에이, 그 정도까진 아니고."

박건호가 손사래를 쳤다.

올해는 그냥 스스로를 위해 열심히 야구한 것뿐이었다. 슬레이튼 커쇼처럼 리더 소리를 듣기에는 아직 이르다는 생각이 들었다.

"그럼 올해는 세명고등학교와는 합동 훈련하지 않는 거지?"

"나야 하고는 싶은데…… 또 빌붙긴 그렇잖아."

"꼭 그렇게만 생각할 필요는 없을 것 같은데? 네가 판을 벌이고 세명고등학교 야구부를 초대하면 되잖아."

"오호, 그 생각을 못했네? 그거 괜찮겠다, 형. 한번 추진해 줘."

박건호의 부탁을 받아 브라이언 최는 세명고등학교 쪽과 훈련 일정을 조율했다.

세명고등학교 조태식 이사장은 박건호가 함께해 준다면 훈련비는 전부 지원하겠다고 말했지만 브라이언 최는 3억 달러짜리 선수의 체면을 지켜 달라는 말로 정중하게 사양했다.

"이거…… 우리가 엄청난 선수를 배출해 낸 기분입니다."

조태식 이사장이 상기된 얼굴로 조기하 감독을 바라봤다.

"엄청나긴 엄청나죠. 저 역시 건호가 그렇게까지 잘 던지리라고는 예상하지 못했으니까요."

조기하 감독은 아직도 모든 게 꿈만 같다며 헛웃음을 흘렸다.

"조 감독, 그래도 밖에서는 잘 포장해요. 떡잎부터 달랐다고 말입니다."

"어쨌든 건호 덕분에 미국에서 전지훈련을 하게 생겼으니 애들이 엄청 좋아하겠네요."

"에이전트는 고등학교 야구부뿐만 아니라 대학교 야구부도 같이 와도 좋다고 하니까 이번 기회에 판을 한번 크게 만들어 봅시다."

"지금도 판이 큰데 더 크게요?"

"왼손이 하는 일을 널리 알려야죠. 그래야 건호도 면이 서는 거 아니겠습니까?"

조태식 이사장은 알고 지내는 기자들을 전부 불러 모았다.

그리고 박건호가 모교를 위해 통 큰 선물을 해줬다며 한참 동안 자랑을 늘어놓았다.

　메이저리그 에이스 박건호, 모교 위해 전지훈련 선물!
　박건호, 작년에 받은 도움을 통 크게 되갚다! 세명재단 야구부 단체로 미국 전지훈련 초청!
　세명고등학교뿐만 아니라 세명대학교 야구부도 미국 전지훈련 합류! 박건호, 클래스가 다른 모교 사랑!
　100억을 후원받은 것보다 더 기쁘다! 세명 야구부 조기하 감독, 환한 미소.

　기사는 빠르게 퍼져 나갔다. 소식을 접한 야구팬들은 역시 박건호라며 감탄을 터뜨렸다.

　ㄴ와, 진짜 클래스가 다르다. 지금까지 메이저리그 선수들 중에 전지훈련 서비스해 준 선수 있었냐?
　ㄴ없었지. 없었으니까 더 대단한 거고.
　ㄴ그런데 세명에 야구부가 몇 명이야?
　ㄴ글쎄? 고등학교에 대학교 선수들, 거기에 코칭 스태프들까지 더하면 80명쯤 되지 않을까?
　ㄴ한 달 코스라고 했지? 한 달간 80명을 먹고 재우고 하면

돈이 얼마야?

ㄴ1억은 우습게 깨지겠는데?

ㄴ1억으로는 턱도 없을걸? 게다가 1인당 3백만 원씩만 잡아도 2억이 넘는데.

ㄴ야, 무슨 억 타령이야. 훈련하러 갔지 놀러 갔냐?

ㄴ훈련할 때 제일 중요한 게 뭔지 몰라서 하는 소리냐? 잘 먹고 잘 자는 거다. 미국까지 가서 개고생할 거면 뭐하러 가겠냐.

ㄴ그건 그렇고 세명고 앞으로 선수 수급은 문제없겠는데?

ㄴ맞아. 박건호가 2년에 한 번, 아니, 3년에 한 번씩만 이런 식으로 모교 선수들과 훈련한다고 해도 세명고등학교 들어오려는 애들 줄을 설걸?

ㄴ이러다 세명고등학교에서 전국대회 다 휩쓰는 거 아냐?

ㄴ못할 건 없지. 선배가 박건호고 안승혁인데.

후배들과 함께 훈련하고 싶다는 욕심에서 시작된 일은 여기서 끝나지 않았다.

"그러니까 건이 후배들과 함께 훈련한다는 이야기지?"

"네, 이미 한국에서는 기사로 보도까지 된 모양이에요."

"이거 서운한데. 건은 그런 이야기를 왜 나한테 한마디도 해주지 않은 거야?"

"아마 이렇게까지 이슈가 될 거라고는 생각하지 않았을지도 몰라요. 건의 에이전시는 아직 작으니까요."

"어쨌든, 이렇게 된 이상 우리도 가만있을 수는 없잖아. 안 그래?"

"제 생각도 같아요. 그래서 말인데 건의 모교 선수들을 다저스 스타디움에 초대하는 게 어떨까요?"

"그건 당연한 거고 기왕 일을 벌일 거면 자선 행사까지 더 해보자고."

"아예 자선 경기를 갖자 이 말이죠? 그거 좋은 생각인데요?"

알렉스 인터폴리스 부사장의 지시를 받은 세런 테일러는 발 빠르게 움직였다.

그리고 다저스의 전현직 선수들에게 연락해 이번 자선 경기에 참여할 수 있는지를 물었다.

−건이 주선하는 경기라고요? 그럼 참석해야죠. 언제예요?

−건의 후배들과 함께하는 경기라. 그럼 당연히 뛰어야죠.

−하하. 나한테 연락 안 했으면 엄청 서운할 뻔했어요.

다저스 선수들 중 가족들과 여행 일정이 잡힌 선수들을 제외한 대부분의 선수들이 자선 경기에 참가하겠다는 뜻을 밝혔다. 그중에는 슬레이튼 커쇼도 포함되어 있었다.

이미 은퇴한 레전드들도 행사에 상당한 관심을 보였다.

　―선수로 뛰는 건 정중하게 사양하지. 은퇴한 지 오래되어서 내 무릎이 감당을 못하거든. 하지만 코치 정도라면 얼마든지 봐줄 수 있어.

　―건의 후배면 내 후배나 마찬가지야. 내가 건을 가르쳤잖아. 안 그래?

　그렇게 두 차례에 걸쳐 참가 의사를 확인한 이들로 리스트를 뽑자 어마어마한 결과가 나왔다.

　"이건 구단 행사 수준을 넘어서 버렸는데?"

　세런 테일러가 명단을 들고 알렉스 인터폴리스 부사장을 찾아갔다.

　"후우……. 이건 일이 너무 커졌는데?"

　알렉스 인터폴리스 부사장도 한참동안 고심하더니 명단을 들고 앤디 프리드먼 사장실로 들어갔다.

　"이런 거라면 진즉 내게 말했어야지."

　앤디 프리드먼 사장은 모처럼 수완을 발휘했다. 방송국을 섭외하고 여러 이사들과 투자자들에게 전화를 돌려 도움을 청하는 한편, 세명 야구부를 상대할 새로운 팀의 수급에 나섰다.

　"건이 아시아 쪽을 대표하니까 중남미 쪽을 대표하는 아마

추어 팀을 만들어 보자고. 가급적이면 우리 구단 선수들과 연결된 쪽으로 말이야. 그렇게 한 경기를 치르게 하고, 그다음 경기는 다저스 전, 현직 선수들 간의 친선 경기를 치르는 거야. 그렇게 하면 팬들도 좋아할 테고 메이저리그가 추구하는 야구 교류에도 이바지하는 셈이니 더 좋지 않겠어?"

앤디 프리드먼 사장이 끼어들면서 조용히 치러질 뻔한 합동 전지훈련이 다저스 우승 축하 친선 대회로까지 커졌다.

몇몇 지역 언론은 급조한 대회라 운영상의 문제가 있을 것이라고 지적했지만 자선 경기는 성공리에 끝이 났다. 그리고 박건호는 본의 아니게 메이저리그 역사에 또다시 새로운 한 획을 긋는 데 성공했다.

그렇게 2018년이 끝났다.

to be continued